みみずと魔女と青い空

大人になったわたしから小さいころのわたしへ

山元加津子
絵・こばたけちかこ

公硯舎

はしがき

小さいときに、遠く続く砂浜にある浜茶屋に泊まったことがありました。板の間に敷いたお布団で横になると、たくさんの星が見えました。波の音と潮風に包まれながら、わたしは突然「わかった！」と思いました。

外に広がる砂の粒の数は、星の数とおんなじだ。ああ、世界中のお花の数もきっと同じ。そして、命の数も同じなのだ。そうだ、人の気持ちもきっとそう！　と思いました。そして、なぜかそのひとつひとつは一対一でつながっているのだと思ったのです。そう思ったらうれしくて涙がこぼれました。

大人になって作った歌があります。

満天の星

満天の星　空を巡り　白鳥座の十字を目で追って

僕たち　宇宙に浮かんでると　あなたがぽつりと　つぶやく
あなたと私　どうして　ここに　一緒にいられるのだろう
銀河の流れ　指でなぞり　宇宙のひとつでいよう

宇宙《そら》にかかる億万の星　海で光る億万の砂
億万の花　億万の想い
そしてつながる　いのち
あなたと私　どうして　ここに　一緒にいられるのだろう
時の流れの　その中で　宇宙《うちゅう》のひとつでいよう

わたしの心の中ですべてのものが一対一でつながっているんだという思いは大人になってもいつもわたしを勇気づけてくれました。

そして、ただ存在するだけでなくて、この世界の何もかもが自分のために一生懸命生きているけれど、でも、誰かのためにも一生懸命生きているのだと感じるようになりました。

ある日、猫がお腹にたまった毛玉を出すために草を食べているのを見ました。動物は体

の調子が悪くなると、どの草を食べたらいいのかを知っているそうです。星と砂が同じ数だけあるように、病気と同じだけ、病気を治す植物もあるのだと思いました。天がちゃんと用意をしてくれているのだと考えたのです。

わたしをかわいがってくれていたおばあちゃんが、わたしが小学校に上がる前に癌になりました。おばあちゃんの病気を治す草を、わたしはどうして猫や犬のように探せないのでしょう。絵本に出てくる魔女の家には、病気になった人から頼まれて煎じた薬草やいもりの尻尾をすり鉢で擦っている絵が描かれてありました。魔女の家がみつからないなら、わたしが魔女になりたい。そして、病気と対になっている薬草をさがす力を手に入れたいと思いました。

やがておばあちゃんは空に戻っていきました。わたしは空を見上げながら、魔女ならお薬を作って、ほうきに乗って届けられるのになあと思ったのです。

星がいろいろのように、砂の粒もひとつとして同じものがありません。わたしたちがいろいろに生まれるのは、きっと誰かの助けにもなるから。ありのままの自分が大切なのだと考えるようになりました。

この本には虫や花や空が大好きだった小さいころのお話から、大きくなるまで心を揺さぶり続けてくれた出会い、そして、ありのままの自分でいることには大切な意味があるんだということについてのお話が載っています。笑ったりちょっぴり泣いたりしながら、読んでくださるとうれしいなあと思います。

二〇一七年十一月

山元加津子

目次

はしがき　3

I

時間の秘密　13
『三丁目の夕日』のようなころ　17
手作りの暮らし　19
ご近所さん　23
花や虫と友だち　28
ウンチはどこへ行ったの　31
遊びの天才　36
お母さんってやさしい　38
どんなことも大丈夫　40

オタマジャクシとシマウマ　44
シロツメクサ　47
守られて挑戦　53
時間は味方　56
月曜ナイター　58
ジャングルジムと青い空　59
天とつながる方法　62
算数のテスト事件　63
給食費事件　65
魔女になりたい　69

II

答案の余白に想いを書く　77
逆上がり事件　78
宝物の消しゴム　81

特別支援学校の教員となって　85
お互い様で生きている　86
ありがとうの花が咲くよ　90
本当はみんな仲良くしたい　92
自分の名前で絵を飾る　94
『1／4の奇跡』の映画　101
誰にも深い思いがあるという確信　106
生まれたときからみんな知っているという確信　112
白雪姫プロジェクト　120
出会いは宝物　122
学校でキャンプ　127

Ⅲ

幸せってなんでしょう　137
いじめなんかしたら……　140

みんなに素敵なところがある　143
世界中の人々の幸せを祈る　147
校長先生が作った学校で　151
エレベーターがなくても　154
お経を書いた旗　155
不思議な記憶　157
ギータちゃんと出会う　160
祈るということ　162
巨大地震。再びネパールへ　163
あなたの悲しみはわたしの悲しみ　168
分けること、分けられること　171
伝えたい思い、貫く行動　175
みんなが大きな約束ごとの中に　181
あとがき　186

I

I

時間の秘密

一番星が空に輝きだしていました。あたりは夕焼けに染まり、夜の闇がもうそこまで来ていました。

わたしはその日、飛行機が音楽を鳴らしながらまいていたデパートの「大安売り」のビラを拾っていました。ビラはとても薄くて向こうが透けてきれいでした。飛行機から次々と落ちてくるピンクや青や黄色のビラは、桜の花びらがひらひらと散ってくるときのようで、わたしは落ちてくる様子にも、そしてビラにも夢中になりました。

最初は家の周りで拾っていたのです。けれど、ビラを拾っているうちにどんどん遠くに来てしまって、気がつけば何時間も歩き続けていました。いったいど

の方向に家があるのかもわからなくなっていたのです。そのとき、わたしは三つか四つだったと思います。住宅地に住んでいたのに、そこはもう畑がひろがっていて、人通りもありませんでした。

怖くて、悲しくて、心細くて、「お母さん」「お父さん」と泣きながら座り込んでいました。そのときです。女の人がふわっとやってきて、「かっこちゃん、おうちに帰りましょう。だいじょうぶ」と言ったのです。見上げると、そのお姉さんはお母さんにとてもよく似ていました。でも、お母さんではありませんでした。

「お母さんに似てる」と言ったら、「そうよ、お母さんの子どもだから」と不思議なことを言うのです。それでもお母さんに似ているお姉さんと手をつなぐと、お母さんと同じ柔らかな手の温かさにほっとしたことを覚えています。そしてわたしは家に帰ることができました。

それから何度もその日の不思議なことを思い出しました。あれはいったい誰だったのだろう。どうしてわたしの名前を知っていただろう。どうしてお母さんみたいだったんだろう。でも、それを口にすることはありませんでした。してはいけないような気持ちがなぜかしていたのです。

やがて父と母が郊外に家を買ったので、わたしたちは借家だった家を離れ、お引越しをしました。

わたしは大人になって、特別支援学校の教員になりました。ある日なぜかどうしても、昔の家のほうに行ってみたいと思いました。どうしても行きたくなって、夕方仕事が終わってから、車を昔の家あたりに走らせました。車を停めて歩いていたときに、ああ、ここは一度来たことがある場所だと思いました。そして、ハッと気がついたのです。ここは、幼いころ、不思議なお姉さんに会った場所。

懐かしい気持ちでいたら、小さな子どもの泣き声が聞こえてきました。声のするほうを探すと、女の子が座り込んで「お母さん」と泣いていました。迷子だろうか。

近くに寄って、「あっ」と声をあげました。だって、どうやって信じたらいいのでしょう。目の前にいたのは、小さいころのわたしだったのです。「信じられない」思わず口にしたけれど、でも、目の前の泣いている子を放っておくわけにはいきません。

あのときの不安で怖くて心細かった気持ちがよみがえってきました。「かっこちゃん」と名前を呼ぶと、女の子はわたしの顔をじっとみました。「家へ帰ろうね。だいじょうぶよ」そう言って手をとったときに、あのお姉さんはわたしだったのだと思いました。

家には母が小さいわたしを心配して待っていることだろうと思いました。

こんな不思議な体験を、わたしは決して口にすることはありませんでした。きっと信じてはもらえないだろうと思ったし、嘘だと思われるのはとても悲しかったのです。ただ、『魔女・モナの物語』（青心社・三五館）の本の中でファンタジーとして、そっと書いたのでした。

それからずっと考えました。時間って、どんなふうになっているんだろう。「昔から今」は一直線になっているようだけど、でも、層のように重なっていて、ぽっかり穴があいたら行き来できるようになっているのだろうか……？

わたしはまるで「時間の秘密」を知ってしまったようにも思いました。「この世界は、見えていることだけが本当じゃないんだ」と考えたりもしました。

でも、あまりに不思議すぎて、やっぱり、小さいときと大人になったときに二度、そんな不思議な夢を見たのだろうかと思うこともあります。

『三丁目の夕日』のようなころ

『ALWAYS　三丁目の夕日』（原作・西岸良平、監督・山崎貴）という映画があります。東京タワーが作られ、それからしばらくして日本での初めてのオリンピック、東京オリンピックが開催されたころの映画です。

わたしが生まれたのはまさに、その映画で描かれている時代の真っ只中でした。

戦争が終わってからはもう十年以上経《た》っていましたが、どの家もたいていは貧しくて、おそらくは一日一日を懸命に生きて、明日へつないでいくような日々だったと思います。

でも、わたしは小さかったころのことを思い出すといつも、うれしくて幸せな気持ちになります。

家には最初はもちろん冷蔵庫もなくて、炊いたごはんはおひつにいれて、夏などはおなべにいれて、少しでも涼しい北側の窓の外に吊るしていました。眠るときは、夏には蚊帳《かや》を張り、冬はあんかにお湯をいれてもらって、フェルト布袋で包んでもらい眠りました。

そして、火鉢で暖をとりました。お風呂がある家も少なくて、わたしも家族で近所のお風

呂屋さんに出かけていました。お風呂屋さんでは近所のおばさんや子どもたちがいて、ときには、近所のおばちゃんが「こっちへおいで」と声をかけてくれて、おしゃべりしながら、体を洗ってくれました。

洗濯機は、最初はタライと洗濯板、流行《はや》りのものが好きな父がやがて買った洗濯機は、手で回しながらしぼるとペッチャンコになった洗濯物が出てきました。車もそれほど通っていなくて、家の前は砂利と泥を固めたような道でした。

そんな中、父も母も楽しく生きることを工夫して暮らしていたような気がします。

わたしは双子で、妹よりも九分早く生まれたので姉ということでしたが、実際はしっかりものの妹に頼ってばかりでした。

妹は生後十カ月で歩き出したのですが、わたしは一年半経っても歩かなかったそうで、歩き出したあとも、いつも転んでばかり。外に出ればすぐに溝にも落ちて、わーんと泣いていました。

父は新聞社に勤めていたこともあってか、カメラが好きで、生まれたころからわたしたちをよく撮ってくれて、写真がたくさん残っています。活発で体もわたしより大きかった妹の陰に、わたしは隠れるようにして写っています。

手作りの暮らし

わたしが小さかったころは、どこの家でも、お父さんはとても威厳があって、家族の中で特別な存在でした。お父さんがお箸をとるまで誰も食事に口をつけることはなかったし、お父さんが新しい新聞を開くまで、誰も新聞を読むことはできませんでした。そして、お父さんはお料理を作ったりお掃除をしたりといった家事をすることはなくて、子どもを抱いたりもしなかったそんなころでした。

わたしの家もやはり、朝は父にも母にも「おはようございます」とお辞儀をして、眠る前も手をついて「おやすみなさい」を言い、父がお箸をとるのをじっと待っていました。新聞も父が読むまでは誰も読まず、父の言うことは絶対だったように思います。

父が会社に行く時間は日によってまちまちで、夜中に出かけていくことも、夜中に帰ってくることもありました。部屋数もそれほど多くない平屋に住んでいたので、父が夜中に帰ってきた朝は、寝ている父を起こさないように声をひそめて話をして、朝ごはんを食べて学校に行きました。

父が怖い人だったというわけではなくてそんな時代でしたし、母も父をいつも立てようとしていたのだと思います。

けれど、帰り時間がまちまちだった父が夕方に帰ってくる日は、母と妹と三人で、父を迎えに行きました。遠くに父をみつけると、わたしたちはうれしくて「おかえりなさい」と言ったあと、三人で父の手をうばい合うようにして手をつないだり、肩車をしてもらったりして帰ってきました。食事のあと、テレビを見るときも、父がゆっくりしているなぁと感じると、わたしたちは父の膝もうばい合いました。そんなときは、父はわたしと妹と二人をよく膝の中にいれてくれたりもしました。

父は趣味の多い人だったのだと思います。わたしはたくさんの父の匂いを覚えています。

父は本が大好きで、大きな書棚の中にたくさんの本がありました。本は文字の場所が小さくへこんでいる活版印刷でインクの独特の匂いがしました。そのころにはまだ珍しい珈琲豆を父は自分で挽《ひ》いて、楽しんでいました。わたしはその香りが好きでした。登山やスキーの革靴に甘い匂いがする黄色いクリームをよく塗っていたり、スキーにワックスを塗ったりしていました。その香りもよく覚えています。それから、タバコは「ピー缶」と呼ばれていた紺色のピースの缶入りを飲んでいました。缶の蓋を回すと、かすかなスーと

いう音がして、蓋についている金具で封があくのですが、わたしはその香りも好きでした。

父が亡くなって十年になりますが、今でも父の周りの匂いをよく思い出します。

父は手作りも好きでした。木の塊を彫って自分でパイプを作ったり、年賀状では木を彫刻刀で毎年彫っていました。

珈琲豆を挽いたり、ワックスを塗ったり、パイプを作る父をわたしはいつも柱の陰からそっと眺めていました。

ある日、父が「かっこは、作っているのを見るのがおもしろいのか？」と言いました。

「うん、木がパイプになったり、絵になったりする。そして、クリームで革がピカピカになるのを見るのも好き」

父はそんなわたしをとてもいとおしそうにやさしく見つめてくれました。そして、「使っているものはみんな誰かが作ったものなんだよ。誰かが作ったものなら、本当はきっと自分でも作れるさ。そして、物は大事に使えば何十年も使えるんだよ」と頭を撫《な》でてくれました。

わたしは父のいないときにも、父が作ったものや父が大事にしている物を眺めたり、そっと触るのが好きでした。

何十年も経った今も、わたしは父の使っていた古い鉛筆削りやカメラや珈琲ミルを持っています。昔のものはとても丈夫で、何十年も前のものなのに、鉛筆も削れるし、珈琲豆を挽くこともできます。そして、父の遺《のこ》した物をじっと見ていると、父の暖かな手や、やさしい眼差《まなざ》しやしぐさを思い出すのです。


母も手作りが好きでした。わたしたちのワンピースやセーター、カーディガンはほとんどが母の手作りでした。わたしも母の横で、端切れをもらって、りかちゃんに似たミニーちゃんというお人形の服や布団を作りました。

母はそばで作るわたしに「作る時間は、着てくれる人や使ってくれる人のことを考える時間。すごくうれしい時間ね」と言いました。

わたしも手作りが小さいころから大好きです。食べるもの、着るもの、雑貨、なんでも作ることはとても楽しいです。

わたしが手作りや古い物が好きなのは、父や母との、そんなやさしくてうれしい時間を心の中に持っているからかもしれません。

大人になって、特別支援学校の教員になりました。特別支援学校には仕事について学ぶ作業の時間や、美術や生活などの授業がありました。その時間には、ずいぶんたくさんいろいろな物を作りました。織物や木工、和紙漉《す》き、クッキー作り。子どもたちと作るのもまたとても楽しい時間でした。

わたしばかりではなくて、手作りのものにひかれる方は多いと思います。工夫をして、自分で作って暮らしていきたいという気持ちが、みんなの深いところに、本当はあるのかもしれないなあと思ったりするのです。

ご近所さん

わたしは小さいころ、石や虫や花や動物と話をするのが大好きでした。晴れの日は晴れの日の、雨の日は雨の日の、そして、風の日は風の日の、雪の日は雪の日の自然の中に、いつも不思議がたくさんありました。

見たことがない葉っぱをみつけると、「ちょっとごめんください。裏も見せてください」

と葉っぱにお辞儀をして裏返しにして、「どうもありがとう。あなたの模様とってもきれい」というふうに、またお辞儀をして、葉っぱにも石ころにも、そして動物にもおしゃべりをしていました。

そのころは、つないである犬もいたけれど、放し飼いになっている犬もたくさんいました。そんな犬たちは、ごはんのときは自分の家に食べに帰ってくるけれど、日中はあちこち自由に出歩いていたりしたのです。それで、わたしは犬や猫と仲良しでした。

大きな犬もいて、みんなが怖がっていても、わたしは少しも怖くなくて「おはようございます。今日はどんな具合でしょう」と犬に話しかけるのです。犬は、「今日は角のおうちで、ごはんもらったんだよ」とか「もうすぐ子どもが生まれるから大変」などと返事をしてくれました。そして、わたしのおしゃべりに「あーそうなの。それで？」というふうに犬も猫も返事をしてくれるので、おしゃべりは長く続くのでした。

あるとき、ご近所のおじさんがおばさんに話している声が聞こえました。

「あの双子の上の子は、ちょっと頭がおかしいのじゃないか。変な子だね。今日もずっと

猫と話しているぞ」「いつも虫をみつけては、ずっと見てたりねぇ」

おじさんもおばさんもわたしのことを心配してくれていたのだと思います。そして葉っぱや石にもお辞儀をしたりしているわたしはやっぱりこっけいだったのかなとも思います。

今なら「変な子」って言われても少しも悲しくなくて、逆にうふふと笑っちゃうのに、小さいときは「おかしいんじゃないか、変な子だね」ということばになんだか悲しくなりました。そのときもおじさんの「おかしいのじゃないか」ということばが悲しくて、家に飛んで帰って父に「わたしはおかしいの?」とたずねました。

父はそんなとき、わたしを抱き上げて膝に乗せ、「かっこはかっこやからそれでいい」と頭を撫でてくれました。

父や母だけでなく、それでいいよと言ってくれる大人の人もいました。

お向かいのおばちゃんのおうちには大きなお庭があって、きれいなお花がたくさん咲いていました。おばちゃんは花や虫を見たくてたまらないわたしを門の中にいれてくれて、お花の名前をたくさん教えてくれました。そして、ずっと花を見ているわたしをニコニコ見て、そのあいだじゅうそばにいてくれました。

ある日のこと「おばちゃん、この花は種を遠くまで飛ばすんだね。この花には、この虫がいつもいるんだね」と虫を見ていると、おばちゃんが「かっこちゃんは、お花が大好きなんだね」と言ったあと、急に真面目な顔で「この家の子になる?」とわたしの頭を撫でたのです。おばちゃんの顔があんまりにも真面目で、本気なのだと思って、すごく怖くなって「わたしはお父さんとお母さんの子どもだから、ここのおうちの子にはなれない」といつになく大きな声を出してしまいました。

おばちゃんは寂しそうに「残念だね。でも、いつも遊びに来てね」と言って、お菓子を紙に包んでねじったものをくださいました。眠る前などおばちゃんが寂しそうだったことを思い出して、「ここに遊びに来たときだけ、ここの家の子どもになってもいいよ」って答えればよかったかなあと思ったり、でも、ぜったいお父さんとお母さんの子どもじゃないと嫌だから、だめと思ったりしたのでした。

斜め向かいは駄菓子屋さんでした。

わたしはその駄菓子屋さんを覗《のぞ》くのが好きでした。「きいちのぬりえ」が袋に入って壁からさがっていたり、ゴムまりも売られていたりしました。

棚の上には飴やお菓子が入ったガラスのびんが並んでいて、その手前側、ガラスの蓋がついているケースの中にもお菓子が入っていました。底が平らなシャベルに似たものがありました。お煎餅や飴やあられなどをそれですくって、目方を量って、紙袋にいれてくれるというふうで、その紙袋の右と左を持ってくるくると回転させると、袋の端がねじれてしまるのです。

わたしは駄菓子屋さんのおばちゃんが手品のように紙袋をくるくるとねじるのがすごくかっこいいと思って、よくそっと見ていました。すると、おばちゃんが「かっこちゃん、これしてみたいの？　やってみる？」と言ってくれて、シャベルでお菓子を袋にいれることも、量ることも、くるくる回してねじることもさせてもらえて、すごくうれしかったことを覚えています。

お店に売られていた「きいちのぬりえ」というのは、わら半紙のような紙に、かわいい女の子がドレスや着物を着ている絵が印刷されているものでした。それを描いたのが喜一さんという方だったからなのでした。

おばちゃんは、「かっこちゃんは、ぬりえが上手だね。また塗ったら持ってきてね。ここに飾らせてね」とお店の壁を指さして言ってくれました。

その当時の色鉛筆は紙の箱に入った十二色のものでした。わたしは何色もの色鉛筆を重ねて、濃くしたり薄くしたりして丁寧に塗る作業が好きでした。それで、単色で塗ったのとは少し違う絵にしあがりました。

まだ小学校に上がる前だったのですが、他のお客さんに「ほら、これは五つの子が塗ったのよ。少しもはみださないで、綺麗に塗れてるでしょう。ほらこの着物、加賀友禅みたい」とほめてくださいました。できないことだらけのわたしでしたが、ほめて頭を撫でてもらえると、本当に幸せな気持ちがしました。

花や虫と友だち

本当にわたしには、できないことがいっぱいありました。力がなくて、そして走るのがとても遅かったのです。当時は鬼ごっこやかくれんぼ、ケンパなどをしてよく遊びました。でも、わたしはどの遊びにもなかなか加われませんでした。

わたしがいつも一人でいるので、大人が「かっこちゃんもいれてあげなさい」と子どもたちに言ってくれるのです。でも足が遅いので、いったん鬼ごっこが始まればすぐに捕まってしまうし、鬼になったらなったで、もう誰のことも捕まえることができないのです。

かくれんぼは、そばに石や葉っぱがあったり、虫がいたりするので、それに夢中になって、隠れていることも探していることも忘れてしまうのです。ですから、やっぱりかくれんぼも終了してしまうのです。

ケンパは片足飛びをしなくてはなりません。片足飛びを一回は飛べるのです。でも、ケンパのゲームが進むうちに片足飛びを何度も続けてすることになると、すぐに足を着いてしまうのです。そんなふうでしたから、ケンパのように二組に分かれて遊ぶということになると、他のみんなが「どうする？　かっこちゃんどっちの組にいれる？」と相談しているのが聞こえました。別にわたしをいじめているわけでも、いじめられているわけでもないのです。

でも、わたしがいると迷惑かけちゃうんだなあという思いがあって、それよりも、一人でぼんやりと考えごとをしているのが好きでした。

考えごとは本当に楽しかったです。

桜が咲けば、桜の木のどこで今咲くときだとわかるのだろうと不思議でしたし、桜の花びらが散ったあと、順番を待つようにして葉っぱが勢いよく出てくるのが不思議でした。

バケツをひっくりかえしたような大雨が降

ると、窓にしがみつくようにして外を見ていました。いったいどこにこんなにたくさんの水を蓄えていただろうと不思議だし、もうお空には水がなくなってしまったのじゃないかと思うのに、決してなくならず、また雨が降ったり晴れたりすることも不思議でした。

自然をずっと見ていても、飽きるということがありませんでした。何より興味深かったのが、やはり、花や虫がそれぞれ自分だけの力で生きているのではなくて、蝶や蜂が花の蜜を吸うことで実を実らせる手助けをするように、いつも助け合って補い合って生きているということでした。本当に、どうして自然はこんなにうまくできているのだろうと、わたしはそればかりを考えていました。

夜、星が出ると、わたしはシーンとした空気の中、深呼吸をするのです。すると確かに感じたのです。地上の花や木や虫や鉱物や、森も海も、すべてのものが、星とつながっている。そして、密やかに、花を咲かせる時期や雨を降らせることなど、すべてのことについて相談をしているのに違いないと……。そうでなければ、こんなにも何もかもがタイミングよく、うまくいくはずがないだろうと思うのでした。

そのうちに、わたしは、目には見えないけれど、何か約束ごとの中にこの世界のすべてがあるのだと感じるようになりました。その約束ごとが何なのか、宝石の鉱脈をさぐりあてるように、あれこれ考えるのが大好きでした。

ウンチはどこへ行ったの

お茶を飲んでいた祖母は、なぜか急に、わたしの姿をもう二時間も見ていないことに気がついて、体が震えたと言います。

「あの子はお便所に落ちたんだわ」

当時わたしは、三つか四つでした。祖母は、わたしが「お便所へ行く」と言ったまま、もう何時間にもなることに気がついたのです。祖母の頭の中に、小さいわたしが、頭から深い穴のお便所へ落ちていく様子がありありと浮かんだのです。

昔は水洗トイレではなくて、深い穴があいていて、中にはウンチやオシッコが見えて、用を足すとおつりが返ってくるようなトイレでお便所と呼んでいました。いつもぼんやりしているわたしがお便所の中に落ちたのに違いないと思ったのです。

祖母がお便所で目にしたものは、頭を便器に突っ込んで中を覗き込んでいたわたしでした。

祖母はわたしがお便所に落ちていないことにホッとして、わたしを抱きしめながら、でも少し腹を立てて「そんなところを覗き込んだら危ないでしょう。落ちたらどうするの。おばあちゃんは、かっこちゃんがてっきり落ちたと思ったのよ。いったい何をしているの?」とたずねました。

「おばあちゃん、この前までこの中はウンチでいっぱいだったのに、今はあんまりないのはどうして?」

「くみ取りの車が来て、持っていってくれたんだよ」

と言う祖母に、わたしはまた考え込んでいました。

どうしてもわからないことがあったのです。

「おばあちゃん、どうして、地球には、象がいて、キリンがいて、パンダがいて、毎日ウンチをするのに、地球上ウンチだらけにならないの?」

祖母はあきれて、何も言えなかったけれど、考えました。

「本当になんて、変な子だろう。いつも変なことばかり考えている。このまま大人になったら大変なことになる。ちょうこ(わたしの母の名前です)の育て方が間違ってるに違いない」

祖母は、自分の家に帰ってから伯父と伯母にその話をすると、伯母は頭を抱え込んでしまいました。

「このあいだ、ちょうこちゃんとお買い物に行こうとしたら、道端に座り込んでいる子どもがいたの。それがね、なんとかっこちゃんで、『何をしているの？』って聞いたら、かたつむりが道路を横断するのを応援していると言うの。とんでもない。道路の真ん中で、なんとみっともないことと思って、すぐに入りなさいって言おうと思ったら、ちょうこちゃんは『寒くなったら入りなさいね』って言うだけなのよ。

それで、肉屋や魚屋や、八百屋やいろいろ行って帰ってきたら、かっこちゃんはね、少しだけ前に進んで、まだ頑張れ頑張れってかたつむりを応援していてね。今度こそすぐ入りなさいって言おうとしたら、ちょうこちゃんたら『暗くなったら入りなさいね』って言うだけなのよ」

わたしは、花や虫などをいつも見ていたり、考えごとばかりして、本当にぼんやりしていたけれど、周りが心配する中、父も母もわたしを面白い子だなあと感じながら一緒に楽しんでくれていたのだと思います。

ところで、ウンチのなぞは、小学校一年生のときに自分なりに解決をしたのです。それは、わたしにとっては自分の人生を変えるようなとても大切な大発見でした。

わたしはいつもいつも、花や虫を眺めているのが好きでした。春になると桜の花びらが散って、あたりをピンクに染めます。イチョウの葉も落ちると黄色い絨毯を作ります。それがいつかなくなっているのが不思議でした。ウンチや葉っぱや花びらはいったいどこへ消えたのだろう。そのなぞがとけたのです。

その日もいつものように、地面に座り込んで虫たちを見ていました。落ちた葉っぱをひっくり返すと、その下にはミミズやダンゴムシがいっぱいいいました。そして、葉っぱやウンチを食べていたのです。虫たちはウンチもしていました。さわって匂いを嗅ぐと、それは土だと思いました。葉っぱには白いカビが生えていました。カビもまた葉っぱを分解させていたのだと思います。ウンチの形のまま土になっている場所から、芽が生えているのも見ました。ウンチは植物の栄養になっているんだ！と思ったときに、涙がこぼれました。

もし、ウンチや葉っぱや花びらが消えないままだったら、世界は大変なことになるでしょう。あちこちがウンチで埋まってしまって、臭くてたまらないでしょう。そんなウンチをミミズたちは、植物を育てる土に変えていたのです。

わたしはそのころ、象は大きくてえらい、ライオンは強くてえらいと思っていました。キリンも背が高くてえらいし、パンダはかわいくてえらいと思っていました。それに比べて、きっとミミズやダンゴムシのことは、そんなにえらいとは思っていなかったと思います。でも、そのとき、わたしは確かに「象もライオンもミミズもダンゴムシも、そして、あの白いカビもみんなえらいんだ。すべてのものは平らかで同じようにえらいのだ」と思ったのです。

それは、この世界が平らかで、いらないものは何ひとつなくて、みんなで協力し合って、助け合って、ひとつの命を生きているんだと思えた瞬間でした。

それと同時に、いろいろなことができなくて、ただぼんやり考えごとばかりしているこんなわたしもこのままのわたしでいいんだと思わせてくれる大発見だったのです。

小学校一年生のときの帰りの会ではいつも先生が「何かお話ししたい人はいませんか?」と聞いてくださいました。クラスのみんなは手を挙げて、思い思いのお話をしていたけれど、おとなしかったわたしはなかなか手を挙げることができずにいました。でも、その日はどうしてもみんなに大発見の話をしたかったのです。先生はぱっと手を挙げたわたしに驚いて「かっこちゃん、珍しいね」とあてててくれました。わたしは意気揚々と立ち上がって「象とライオンとミミズとダンゴムシは同じようにえらいとわかりました!」と、いつになく大きな声で言いました。

わたしの好きなやさしい先生は「かっこちゃんはまた変なこと、考えているのね」と首をかしげました。わたしの説明が足りなかったからなのですが、大発見をしたと思っていたわたしにはちょっと残念だったのでした。

遊びの天才

母は遊びをみつける天才でした。

夏の暑い日、母が急にわたしと妹に「冒険の旅に行く」と言いました。母とわたしたちは一緒におむすびを作って、お茶を水筒にいれて、リュックサックにつめました。いったいどこに行くのだろうとワクワクしていると、母は「これからテント村に行くよ」とニッコリするのです。

「テント村？　すてき！　どこにあるの？」

驚いているわたしたちにかまわず、母はわたしたちの手を引いて、狭い家の中をぐるぐる歩いて、「あ、森が見えてきた」「高い山も越えなくちゃ」とそんなことを言いながら歩き回るのです。そして庭に出たら、物干しに二枚の毛布が干してあって、すみっこをそれぞれ引っ張って屋根のような形にしたところに到着しました。

もしかしたらこれがテント村？　と思ったらやっぱりそうで、そこで、おむすびを食べるのです。母といると、部屋の中は森になって、小さな庭はどこかの国にあるテント村になり、鳥の鳴き声も聞こえたし、川のせせらぎが聞こえ、水の匂いも感じることができました。そびえる山も見ることができたのです。

「冒険の旅」に出かけたのは一度ではありませんでした。あるときは柳行李《やなぎごうり》の蓋《ふた》が部屋の真ん中に置いてありました。

「今から船に乗って、冒険の旅に出る！」

もちろん母が船長です。母の合図で三人で乗り込んで、長い定規で漕《こ》いでいると、本当に大海原に出たような気持ちになりました。あるときはわたしたちの船はジャングルを進んで行きました。部屋には座布団が置いてあって、「島に上陸するぞ」と母が声をあげました。

「落ちたらワニに食べられるから、落ちないようにジャンプして」と母が言うと、本当にワニ

が潜んでいるような気持ちになるのです。わたしは普段なら道路の溝さえ跳び越せずにすぐに溝に落ちてしまうのに、もっと長い距離をジャンプすることができました。船長は「大きな島に行って食料をとってこい」と命令するので、わたしは何度も深い川をジャンプして（本当は座布団に飛び移るだけですが）、食料をとってきたりしました。そして知らないあいだに、いつもあれほど落ちていた溝に落ちなくなっていたことに気がつきました。

こんなふうに、母はいつも楽しいことを考えてくれました。

お母さんってやさしい

ところで、親戚の家に、オスとメスの鶏を飼っている家がありました。養鶏場といったものではなくて、家の朝ごはんになる卵をとるために飼っていたのです。朝早くに遊びに行った日に、叔母について鶏小屋に入っていくと、産んだばかりの卵をみつけました。

「かっこちゃん、鶏が温めている卵はそのまま温めるとひよこになるのよ。栄養があるから、ひとつあげましょう」と叔母が卵を渡してくれました。

「ひよこにならない卵があるの？」びっくりしてたずねると、

「売られているたいていの卵はひよこにはならないのよ」と言うのです。

「だめだめ、せっかくこの卵はひよこになるのに、食べてしまうのは、かわいそう」と首を振ると、「かっこちゃん、それはだめ。いつまでも温めさせておくと次の卵を産まないからね」と伯母はわたしの目の奥を覗き込んで言いました。

卵はまだ暖かくて、この卵は生きているのだと感じました。そう思うと、卵の中に、小さな光がチカチカと命の灯をともしているように感じました。

卵はわたしに決意をさせたようでした。「おばちゃん、わたしね、ひよこのお母さんになる」「悪いことはいわん。そんなことはやめとくまっし（やめておきなさい）。生まれるはずがない。いい子だから食べなさいね」と今度は伯母が首を振るけれど、わたしはどうしてもあきらめることができませんでした。

伯母の家に来るとかならず鶏を見ていたわたしは、鶏が卵を温めるときに、ときどき卵を裏返すようにして動かしていることを知っていました。きっとそれが必要なのだと思いました。

家に帰って母に「この卵のお母さんになりたい」と相談すると、母は古い毛布でポシェットを作ってくれました。わたしは肌の上からそれをさげて、上からたくさん服を着ました。

眠るときも保育園に行くときも、ずっと卵を抱いていました。そして忘れずに服の中に手をいれて、昼間も夜中もときどきそっと卵をひっくり返しました。転ばないように、ぶつからないようにしながら口癖のように「わたしは卵のお母さん」とつぶやいていました。

どのくらいそうしていたでしょう。ずいぶん経ってから、うれしいことに卵はかえってひよこになったのです。わたしはそのとき、「命ってすごく不思議。そして大切。お母さんってみんなやさしい。鶏も猫も犬も虫もみんなそう」と思いました。

父や母はいつも突拍子もないことを言うわたしを「それがかっこやから」とまるごと受けとめてくれていたのだと思います。わたしがしたいと思うことをなんとかかなえてくれようとしたことは、すごくうれしいことだったなあと思っています。

どんなことも大丈夫

母は口癖のように、いつも「だいじょうぶ」と言いました。どんなに嫌なことも、いつかきっと大丈夫になる。そして、嫌だと思ったことだって、いつかのうれしいことのためにあると言いました。

足の遅いわたしは、運動会でも、やはり飛び抜けたビリでした。あんまり遅いので、リレーなどではどんどん抜かれてしまって、「歩いとるな！」なんて言われてしまうほどでした。

そのころは、かけっこで一等や二等をとると安全ピンにリボンがついているものをもらえて、妹の肩には色とりどりのリボンがたくさんついていました。でも、もちろんわたしにはありません。そのことをそれほどは気にしていなかったのですが、先生が妹に「ひとつぐらい、かっこに分けてやったらどうだ」とおっしゃって、「いらないもん」なんてちょっとひねくれて思ったことを覚えています。

そんなときも母は「足が遅かったり、運動会で活躍ができなかったりしても、そのこともだいじょうぶになる。きっといつかのいい日のためにある」と言うのですが、わたしにはとても、足がこんなにも遅いことが役立つ日が来るとは思えませんでした。

ところが、大人になって、特別支援学校の教員になる前に一年間、小学校や高校で講師をしていたときに、その日はやってきたのです。

そのとき、わたしは小学校五年生のクラスにいました。明日が運動会だという日のこと、自分がものすごく遅かったものだから、帰りの会

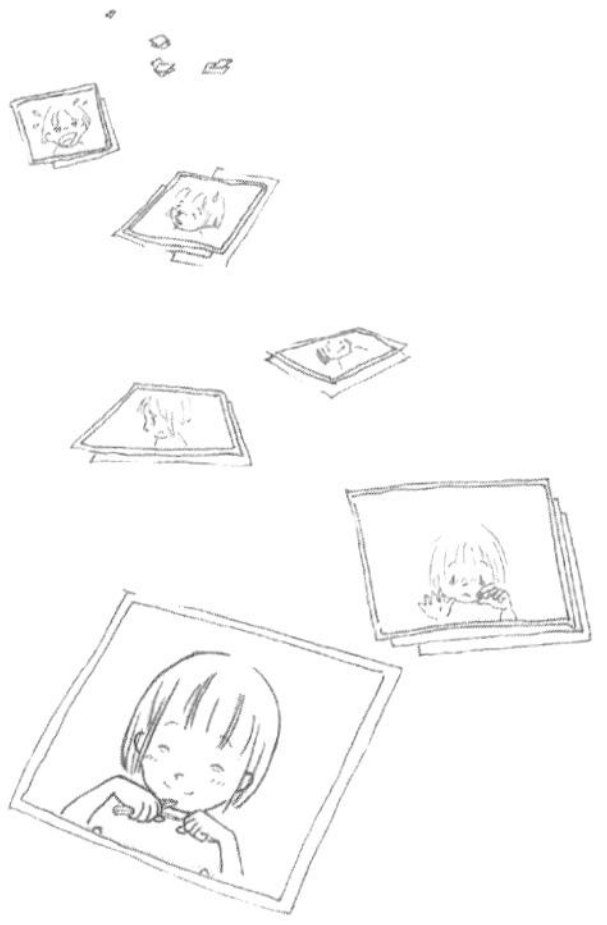

で子どもたちに「明日は運動会だね。一等賞の子もすてきだけど、遅くても頑張って走った子は同じくらいすてきだと思う」と言いました。

そして運動会の次の日に、ある女の子のお母さんが連絡帳に長くお手紙を書いてくださったのです。

その手紙には、こんなふうに書かれてありました。


私の娘は足が遅いので、運動会が嫌いで、いつも運動会当日になるとお腹が痛くなって、出席できたこともなかったのです。

今年もそうだろうとお弁当の用意もしていなかったのに、運動会の前の日に、「明日運動会に行くよ」と娘が言ってとても驚きました。「どうしたの?」と尋ねると、娘は「新しく来た先生は、かけっこで、一等もえらいけど、遅くても頑張った子はもっとえらいって言ったんだよ。だから、私、一生懸命頑張って、先生にほめてもらう」と言って出かけたのです。運動会では相変わらず遅かったけど、本当に一生懸命頑張って、娘の顔が誇らしげで、輝いて見えました。私もすごく感動して、娘を抱きしめて「頑張った、えらいえらい」とほめることができました。

去年までの先生は「運動会では精一杯頑張って、一等をとりなさい」と言われてきたけれど、今年は先生のおかげで、いい思い出ができました。本当にありがとうございます。

お母さんのお手紙を読んで、わたしがもし足が速くてかけっこが一番だったら、やっぱり去年までの先生と同じように、「頑張って勝ってね」と言ったかもしれないと思いました。その先生はその先生だからこそ子どもたちに伝えられる素敵なことはいっぱいあったと思います。でも、同じようにわたしもわたしだからこそ、一等のお子さんと同じくらいにビリでも頑張ることはすごいのだと言えたのだと思います。

そのときに、わたしは自分の足が遅かったことを本当によかったなあと思えたし、母が言った「いつかのいい日」とは今日のことだったのかなあと思いました。わたしにはできないこともいっぱいあるけれど、こんなふうにどれも必要なのかもしれないと思ったのでした。

考えてみたら、小さいときから親しんできた自然は、母の言うとおり、どんなことも「いつかのいい日のためにある」ことを教えてくれていたように思います。

オタマジャクシとシマウマ

春のある日、田んぼのカエルが透明な膜に包まれたたくさんの卵を産み落としているのを見ました。田んぼまで少し遠かったけれど、毎日のように、ときには一日に何度も卵を見にいきました。

やがてたまごの中の黒い丸い部分がダルマのような形になって、そして、小さなオタマジャクシが生まれました。そこでわたしは、衝撃的なことに出会いました。

生まれたばかりの小さなオタマジャクシが、まだ生まれていないカエルの卵を食べていたのです。卵は食べているオタマジャクシの兄弟のはずです。そして、卵の中には生まれていなくても、黒いダルマの形が動いていて生きていました。

大きな声でぎゃーと叫んだあと、涙がとまらなくて、どうやって家に帰ったのかわからないほどでした。ただ泣き続けて、食事ものどを通らなくて、母を心配させました。

三日ほど泣いていたのに、またオタマジャクシのいる田んぼに出かけました。そして、もっと怖いものを見ました。

大きなオタマジャクシが、兄弟の小さなオタマジャクシを食べていたのです。あんなにかわいい顔をしているのに、あんなに小さな口をしているのに。

わたしは泣きながら、それでも一生懸命考えました。きっと理由があるはず。自然の中で起きたことにはかならず意味があるのだと、たくさんの花や虫が教えてくれていたことをやはり思い出したからです。

もしも、あんなにたくさんの卵が全部オタマジャクシになって、全部カエルになったらどうなるだろう。きっとあたり一面カエルだらけになって、カエルの食べ物である虫がいなくなって、カエルは絶滅するかもしれない。

そう考えたときにとんでもないことが頭の中にひらめいたのです。それは、「お母さんガエルは、丈夫な子どもと新鮮な餌の両方を用意したのかもしれない」ということでした。

食べられたオタマジャクシは食べたオタマジャクシよりも弱そうで小さかったのです。そして、卵もオタマジャクシも食べられるまではずっと生きているので、新鮮な餌が、食べたいときにいつでもそばにあることになります。その結果、より強いオタマジャクシが生き残っていくということになります。

食べられた一匹のオタマジャクシの気持ちを考えたら、とっても悲しいし、残酷だし、つらいけれど、全体のことを考えたら、それが「いいふうになっている」ということだろうかと思いました。それだけでなくて、カエルがたくさん増えすぎて餌である虫がいなく

なれば、他の生物にもまた影響が出るでしょう。

命というのは本当にすごいと思いました。頭の中で、なんて残酷なんだろうと考えるけれど、全部でひとつの命だと考えたら、それがお母さんガエルの大きな愛なのかもしれないと思いました。

大きくなってから、ケニアに行ったときに、マサイ族の青年に会いました。マサイ族の青年は狩りのことで、とても不思議なことを言いました。

「長く狩りをしているとわかってくることがある。シマウマが増えすぎた年には、群れの中に、僕を撃ってくれと伝えてくるシマウマが現れる。そのシマウマは逃げては追っ手を待ち、また逃げては待つ。まるで狩りをしてくれと誘うように見える。だから、僕たちは他のシマウマを狙うことはやめて、撃ってくれというシマウマを撃つ。その狩りはシマウマと僕たちの協議の上で成り立っている」

目の前で見たわけではないからもちろん、確かなことは言えないのです。でも、オタマジャクシを見てきたわたしは、青年の言っていることを信じることができました。そして、撃たれたシマウマの気持ちを考えながら震えるように思ったのは、自然の中の命の営みのすごさでした。

あるとき、オーストラリアのアボリジニの本を読みました。アボリジニはことばを持たないけれど、仲間や自然とテレパシーのようにお互いに気持ちを伝え合って話をしている。狩りの中で、「今日は、わたしを撃ってほしい」という動物だけを撃つと書かれた箇所がありました。

犠牲ということばがここで正しいのかはわかりませんが、おおぜいの幸せには犠牲になる命もあり、そして犠牲になったオタマジャクシやシマウマには犠牲になったのだという気持ちもないのかもしれません。

自然の中に生きているものたちは、自分という個ではなくて、全体でひとつの命を生きているということが、心の深いところでわかっているのかなとも思いました。

わたしはまた、小さいときに星とこの世界のありとあらゆるものが相談していると感じた夜を思い出しました。わたしたちには簡単に理解できないほど、この自然の命の営みは時も場所も種も越えてつながり合っているのかもしれません。

シロツメクサ

大人になって昔を振り返ると、わたしはやっぱり一般的な枠からは外れてしまっていたのだと思います。どんなに父や母が「かっこはかっこだから」と言ってくれたとしても、自然が「いろいろでいいんだよ」と言ってくれたとしても、わたしはときには自分が嫌いになったり、自分をもてあましてしまうこともありました。

それでも、小さかったときのことを思い出すと、わたしはやっぱり幸せな気持ちになるのです。心の中に幸せな時間を持っていられることはうれしいですね。

シロツメクサという詩を以前書いたことがあります。

シロツメクサ

ただ、ありのままを受けとめることに
どうして難しいことがあるだろうか
ただ、自分を好きでいることに
どうして難しいことがあるだろうか
自分でない人のように生きよと言われたり

もっと早く、
もっとたくさん、もっともっとと責められて
明日をめざすことは簡単じゃないけれど

このままの私でいいんだと思うことに
どうして難しいことがあるだろうか

目の前のシロツメクサが
他のどの花でもないシロツメクサとして咲いているように
ただ、月が月として空にかかっているように

自分も自分らしく生きていけばいいんだと
そう思ったときから、
私はずいぶん生きるのが楽になったよ
そして同じ人生を幸せと思えるようになったよ

ところで、長く特別支援学校の教員をしていたということや、作家をしていたり、メルマガを書いているということがあるのでしょうか。いろいろな相談のメールをいただきます。わたしはただ一緒に、おろおろしたり、考えたり、泣いたり、よかったねと笑ったりするばかりですが、いただくメールの中に、自分のことがどうしても好きになれないという方もたくさんおられます。

そして、その中の多くの方が、両親から愛されなかった、かわいがってもらえなかったとおっしゃるのです。そして、そのために、わたしは自分自身を愛せないのだとおっしゃるのです。

けれど、愛されていなかったというのは少し違うのではないかと思うことがあります。特別支援学校でお会いしたたくさんの親御さん、そして、それ以外でもお会いしたたくさんの親御さんの誰一人として、子どもを愛していない方はおられませんでした。

発達障害ということばがあります。発達の状態は人によってもちろんさまざまですが、多くの人が分布する部分に入らない発達の仕方をしている方をそう呼びます。得意なことと不得意なことが飛び抜けているというように、発達に偏りがあったりもします。お話が難しかったり、人付き合いがにがてという方もおられるし、学校のテストでは数学も国語も高い点をとるけれど、日常の中でものごとの優先順位がつけられないなど、その症状はさまざまです。

発達障害の方がどのくらい存在するかは、本や雑誌、ウェブなど情報によってかなり違います。六%という本もあれば、四人に一人と書いたものもあります。また四〇%と書かれた本もあります。四〇%となると、二〜三人に一人ということになります。

なぜそんなふうにばらつきがあるかというと、それは、子どもたちの様子をたとえ数値化できたとしても、その様子はいつも連続で、どこまでが発達障害で、どこまでが違うのだという線などひけないからだと思います。

おそらくはわたしも発達障害なのだと思います。方向はまったくわからず、不得意なことがたくさんあります。

そんなわたしを父と母はたまたま、それでいいと言ってくれて、近所のおじさんやおばさん、祖母や伯父・伯母も、わたしのことを「困った子だなあ」とときに思っておられたとしても、でも、わたしをとてもかわいがって愛してくれていました。

発達障害の方の中には、集中が続かなくて、あちこち歩き回ってしまったり、あるときは感情がコントロールできなくて、爆発してしまったり、昔のつらいことがどうしても忘れられずに、どなたかを責め続けてしまったりというようなこともあるでしょう。そんなとき、ご両親はやっぱり心配されて、子どもさんのことを愛すればこそ、途方にくれて、手をあげてしまったこともあるでしょうし、叱ってしまうこともあるでしょう。そしてそのことをずっと悔やんで悩まれるご両親も多いのです。

叱られたことや、たたかれたという過去のできごとを変えることは難しいかもしれません。でも、愛されていなかったのではなくて、愛されていたからこそなのだという事実に気がついて、過去を置き換えることはできると思うのです。そうすれば、きっと何かが違ってくるのだろうかとわたしは思うのです。

子どもを愛さない親は一人もいない。子育てしているときに、ときにはあまりに子育てが大変で、わたしはこの子をかわいがっていないのだろうかと思うような瞬間があったとしても、熱が出れば心配でいられなくなり、看病をして、早くよくなってと願う。眠っている子どもをじっとみつめ、いとおしくてたまらなくなる、それが親なのだと思います。

相談をくださった方の中には「お父さんも大変だったんだね。お母さんも悩んだんだね」と思ったら、涙がとまらなくなったとメールをくださった方がいます。「お父さんとお母さんもまた自分と同じように、いつも悩みながら僕を愛してくれていたんだと思って、再スタートができます」と書いておられました。メールを読ませていただいて、わたしはとてもうれしかったです。

本当はわたしたちは、両親や周りの人や、そして、大きなこの宇宙にいつも愛されて守

られるようにして、世界の中の唯一の自分として生きているのだと思います。

守られて挑戦

父は山登りやスキーが上手でした。新婚旅行の写真は立山の頂上で、父がピッケルを握って、母もスティックを持って笑っているというものでした。父の書棚にも山の本が並んでいましたし、冬山登山も結婚前はしていたということで、母にも登山の楽しさや景色の素晴らしさを知ってほしかったのかもしれません。

わたしが生まれて育った金沢には医王山《いおうぜん》があり、そこに鳶岩《とんびいわ》と呼ばれる大きな大きな岩があります。垂直にそそり立つ岩というより山のようなところで、登山の練習にも使われるところです。

父は四歳か五歳のわたしたちに「今日は登山をするよ」と言いました。

鳶岩に行くまでも長い登山道があります。途中で出会った人たちが「こんな小さな子がいるよ」「本当に登るの？」「えらいねぇ」と声をかけてくれました。

それほど、高い大きな岩でした。父は鳶岩に登る前に、わたしたちの肩に手を置いて、

ひとりひとりの目をじっと見てゆっくりと言いました。

「登れるからだいじょうぶ。草の根をつかみながら登っていくんだよ。つかむとすぐに抜けてしまう草、抜けない草はどれなのかをみつけなさい。抜けない草をつかみながら上がっていくんだよ。登り終わるまで絶対に下を見てはいけないよ」

わたしは手も足も力がなくて、いつも転んでばかりでした。保育園の遠足でも、すぐに息が切れてしまうのです。こんなにも高い岩に登ることができるのだろうかと思いました。

登山道で出会った人から何度も「えらいね」と声をかけられていなかったら、わたしたちは登ろうと思わなかったかもしれません。きっと「えらいね」と言われたことが、たとえ幼かったとしても誇らしかったのだと思います。

父は普段はいつも先頭を歩いていました。それなのに、そのときばかりはわたしたちに先を登らせて、父はそのすぐ後ろを登るようにしていました。

最初はどの草を選んだらいいのかが、わかりませんでした。ときどき根があまり張っていない草をつかんでしまうと、わたしの後ろにいた父が息を飲むようにしているのがわかりました。

間違った草を選んでつかんでも、父は決して叱ったりしませんでした。そして、だんだんとわたしは根が張った草の種類がわかるようになりました。どんどん登っていって、登るのがうれしくなってきました。もうすぐ頂上も見えそうなくらいに登ったときに、安心してしまったからか、足をかける草を間違えました。あっという間に、足がすべって、手も離れて、体が落ちていくのがわかりました。その瞬間に目に入ってきたふもとの景色は、ずいぶんと小さく見えました。ああ、わたし、落ちていっちゃう……そう思ったときに、後ろから登っていた父がわたしの下にさっと動いて、落ちてきたわたしを抱きとめてくれました。

父はわたしや妹の手や足の動きをしっかり感じながら、わたしたちを守りながら登っていたのに違いありません。そのために下にいてくれたのでしょう。どんな危ないことにも無茶なことにも、いつも挑戦させてくれたけれど、でも本当はいつも父や母がそばにいてくれたのだなあと振り返っています。

そしてまた、父は「この草は丈夫で抜けないから持ちなさい」と教えてくれたわけではありませんでした。まだあまり登っていないときに何度も草を間違えてすべり落ちることで、抜けない根を持つ草を自分で見つけ出させてくれたのだと思います。

帰り道は、岩山の裏にあるハイキングコースでした。わたしたちは四人で手をつないで、歌をうたったり、笑ったりしながら下りました。

父と母は、まだ小さいからとか女の子だから無理というようなことは決して言わないで、いろいろなことに挑戦させてくれました。父が亡くなった今、わたしは父といられた時間を思い出すと心がぽかぽかしてきます。そして、わたしは今もいつもこれからも、父や母やもっと昔の命をつなげてくださった祖父や祖母に、同じように愛されて守られているのだと感じるのです。

時間は味方

ときどき思い出す場面があります。

夜でした。季節がいつだったかは思い出せません。母がわたしを背負い、妹の手をとって、どこかの家に電話を借りにいって、父に電話をかけていました。仕事中の父に電話をかけるということは、めったにはないことだったと思います。わたしは小さいときから、体が弱くてよく熱を出しました。そのときは、わたしの体がものすごく熱くて、昼間、病院にも行ってきたけれど、息もあらくて、喘息にもなっていて、母はたぶん不安でたまらなかったのだと思います。夜にも病院に行ったけれど、病院のドアが開くことはありませんでした。

母は、わたしが死んでしまうのじゃないかと思ったのでしょう。泣きそうになって父に電話をかけている様子は、普段のやさしくて強い母とは少し違っていました。父が母にどんなふうに言ったかは聞こえませんでした。そのあとわたしはどうなったのかということや、父が帰ってきてくれたかどうかは覚えていないけれど、母はきっと眠らずにわたしを看病してくれたのだと思います。

わたしは、電話をかけていたときの母の背中、母の様子をよく覚えています。自分がつ

らいときに、そのシーンを思い出すのです。つらくてどうしたらいいかわからないときには、わたしたちはジタバタしながら、不安になりながら、できることをしたり、泣いたり不安になったり、誰かを頼ったりしながら、その時間を乗り越えて生きていくのだと、なぜかそのときの母の気持ちが思い出されます。でもきっと時間が味方してくれて、いいふうになるのだと思えるのです。

心がとても弱くてすぐに泣いてしまうのは今も変わりませんが、でも、弱いけれど強いところもあると思います。その強さは小さかったときに父や母が教えてくれたもののようにも思うのです。

月曜ナイター

わたしは小さいときから泣き虫でした。あまり毎日泣くので、保育園では火曜日に泣くと火曜ナイター、水曜日に泣くと水曜ナイターとからかわれました。月曜日に泣くと、月曜日はナイターがないから泣いちゃだめなんだよと言われるほ

どでした。

誰かが怪我をすると、わたしも同じ場所を怪我したみたいに痛くてたまらなくて泣けるのです。保育園の先生はきっと大変だったと思います。だって、怪我をしているお子さんの手当てをしなくちゃいけないのに、全然関係のないわたしが声はあげないけれど、痛い痛いと涙をボロボロこぼして泣いているのです。先生はわたしのことを心配して「かっこちゃんは、怪我をしていないから、痛くないよ。泣くなんておかしいよ」と言いました。

それでも、また他のお友だちが怪我をすると、やっぱりそこが痛くなって泣けるので、わたしはカーテンにくるまったり隠れたり、トイレの中に隠れたりしました。先生はまだ目の前で泣いているのならよかったけれど、いなくなってしまうのだからやっぱり大変だったと思います。

わたしは、泣いてしまう自分が嫌だったのです。そして、どうして誰かが痛いと自分も痛くなって、誰かが笑っていると自分もうれしくて仕方がなくなるのかが不思議でした。

ジャングルジムと青い空

保育園のとき、わたしには大好きなお友だちがいました。えいちゃんという男の子です。

みんなが園庭で鬼ごっこやかくれんぼで遊んでいるとき、えいちゃんとわたしは決まってジャングルジムに登って空をみつめていました。わたしは本当は高いところが怖かったのです。でもえいちゃんと一緒にいると、不思議と怖くはありませんでした。

ジャングルジムのてっぺんで、えいちゃんはいつも空に手を伸ばして、体を前に後ろに揺らしていました。そして、伸ばした手の指のすきまから漏れてくる光を見ていました。えいちゃんはそんなときとってもうれしそうで、のどの奥のほうで、クックックッと笑っていました。わたしは、えいちゃんの笑うのを聞くのが好きでした。一緒にいるとすごく幸せな気持ちになりました。えいちゃんの体が揺れるとジャングルジムが揺れてわたしも一緒に揺れるのですが、その感覚も大好きでした。青い空にかざしたえいちゃんのパッと開いた両手と揺れる感覚を今もよく覚えています。

えいちゃんといるとき、わたしは自分を飾る必要も自分に嘘をつく必要もありませんでした。かくれんぼや鬼ごっこが楽しいんだと自分に言い聞かせなくてもよかったし、自分が他の子どもたちと違うことに不安がらなくてもよかったのです。その感じは、鳥や虫といるときに似ていました。自然の中にいるときわたしが心底落ち着けたように、えいちゃんと

いると、わたしはやっぱり幸せでした。

えいちゃんはおしゃべりはしませんでしたが、わたしにはなぜかえいちゃんの気持ちがいつもよくわかったように覚えています。おしゃべりしたわけではないのに、えいちゃんが今なぜ泣いているのか、何に腹を立てているのか、どこに行きたいのかを知っていたように思います。えいちゃんとわたしはことばの向こうで通じ合っていたのでしょうか。

えいちゃんとの関係はずっと続くと思っていました。ずっといつまでも一緒にいられると思っていたのです。でも、そうではありませんでした。小学校に上がったときに、校内にえいちゃんの姿はなかったのです。わたしは名前を呼びながら学校中を探し回りました。えいちゃんはいませんでした。先生は「えいちゃんは違う世界に住んでいるの。だから、違うところへ通うのよ」と言いました。

毎日当たり前のように一緒にいたえいちゃんが突然いなくなってしまったと感じたときに、わたしは風に枝が揺れる大好きな大きな木がある日、目の前から消えたような寂しさや悲しさを感じました。心にぽっかりと穴があいたような気持ちがして、悲しみはずっと心の底からなくなりませんでした。

天とつながる方法

特別支援学校の教員になって、ある年の入学式の日に、玄関の靴箱の横で揺れ続ける男の子や、スカートをふんわりさせて回り続ける女の子と出会いました。わたしはとてもうれしくなって、男の子と一緒に揺れたり、女の子と一緒に回ったりしました。そのときに頭の中に浮かんだのは、えいちゃんの指のあいだから見た青い空とずっと心の引き出しに大切に持っていたえいちゃんとの幸せな時間でした。

その当時は子どもたちが揺れたり、回り続けることを学校では止める風潮がありました。おそらく、他のお勉強に集中させるためだったり、他の子どもたちと同じような行動ができるようにということだったのだと思います。でも、わたしには子どもたちと揺れたり飛んだり回ったりしながら、思いを通わせる時間が大切でなりませんでした。夕方になると、また明日の朝、子どもたちに会えるのだととてもうれしかったのです。

イスラエルに行ったときのことでした。エルサレムにある嘆きの壁で、涙を流しながら揺れ続けて祈る人々に出会いました。その様子を見たときに、はっと気がついたことがありました。祈りの姿はえいちゃんや、子どもたちが揺れている姿とそっくりだったのです。

たけちゃんは、揺れるけれど、マサイ族が高く飛びながら祈るように飛び続けるし、かなちゃんがハンカチの中心を捉えて回し続ける様子は、ネパールの人がマニ車を回し続ける様子とよく似ていました。

子どもたちもまた祈り続けていたのだろうかと思いました。そして、そのとき、わたしは植物や虫や動物たちが星や空といつもつながって、話をしていると感じたことを思い出したのです。

子どもたちが揺れたり飛んだり回ったりすることで天とつながれるように、人の体の中にも天とつながる方法が用意されているのかもしれないと考えるようになりました。

算数のテスト事件

学校に上がっても、いろいろ考えるというわたしの癖というか習性というかは変わりませんでした。

小学校五年生のときのことだったと思います。わたしは理科や算数が大好きでした。算数の図形のテストである日、二枚の折り紙を重ね、四十五度中心からずらした図形の対角線はいくつあるかという問題が出ました。

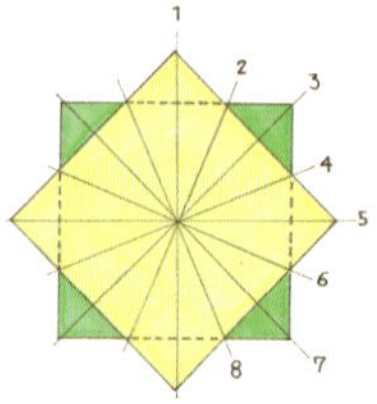

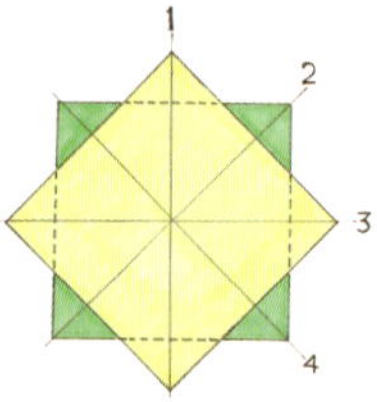

答えに八本と書きました。でもその答えは丸をもらえず、先生は「答えは四本」だと言いました。

わたしはどうしても八本だと思いました。先生に折り紙を持っていって実際に折って見せて、対角線は八本だと説明しましたが、先生は、重なっているように見えても本当は少しずれているから四本ですと言いました。いいえ、八本ですと譲らないわたしに先生も困られたのだと思います。ため息をついて、とにかく四本ですとおっしゃいました。

ところが次の日に、先生は「大学生の息子に聞いたら八本だというので、八本です。テストを持ってきなさい。丸にしてあげます」と言われました。

わたしは涙がぼろぼろと出て、立ったまま動けなくなったのです。なぜそのときに、あんなに泣けたのでしょうか。「丸にしてあげるというのに、どうして泣くの?」

先生のおっしゃるとおりなのです。でも、わたしはそのとき自分の気持ちをことばにはできなかったけれど、前の日に八本だとどんなに説明しても、どんなに言い張っても、そうだねと言ってもらえなかったのに、大学生の息子さんが八本だと言ったから八本だということが、何か残念というか、悲しかったのじゃないかと思います。そして、何か自分が大切に扱われなかったように感じたのじゃないかと思います。

今から思えば、決してそんなことはないのでしょう。先生はわたしのことを大切に考えてくださったからこそ、大学生の息子さんにたずねてくださったに違いないのです。そして、そのままにしないで、丸をあげようと言ってくださったのだと思います。

このことは、わたしの心の中にずっと残りました。もしかしたら、やさしい先生を悲しませたかなと思ったからかもしれません。

そして、また違うことで、わたしにとってこの経験はとても大切だったのだと思います。

それについては大人になってからのお話のときにさせてくださいね。

給食費事件

まだ中学生のときのことでした。

いつもなら穏やかな先生が顔を真っ赤にして、机を頭の上にかかげました。先生はとても怒った様子で一人の男の子をにらみつけました。わたしは「やめて、やめて!! していないって言ってる、していないって言ってる」と泣きながら叫んで、先生の腕をつかみました。教室がシーンと静まりかえっていました。先生もクラスメートも、わたしのしたことにとても驚いたのでした。

わたしはどうも、とてもおとなしい子だったようなのです。同窓会で友だちに会うと、「かっこちゃんってトイレにも一人で行けなかったよね」と言われます。そんなはずはないのですが、友だちはそう感じていたのでしょう。「バス停で待っているとき、どんどん生徒が集まってきて、かっこちゃんは順番からはみ出ていって、バスが満員になって何台も通り過ぎても、ずっと最後まで乗れずにいたよね」とも言われます。でも、わたしはそのことをあまり覚えていません。

そして友だちはときどき、あの日のことを口にするのです。

「弱虫なはずだったのにね。かっこちゃんってあのとき、すごかったよね」

その日は集金日でした。そのころは、今のように集金を振り込むようなことはなくて、子どもたちは集金袋を前の日に親に渡して、お金をいれてもらって、学校に持ってきていました。

そんな日に、一人の集金袋が机からなくなったのです。先生は「この中に誰か、集金を盗《と》った者がいる」と、静かに言いました。

そこからあとのことについてはどんな状況があったのか、あまりよく覚えていません。

覚えているのは、先生が一人の男の子の胸元をつかんで、「おまえが盗ったんだ。わかっているんだぞ」と怒鳴っていたことでした。男の子は「していない。していないよ。僕じゃない、盗っていない」と泣きそうでした。

わたしの心の中に、いったいどんな思いが湧き上がったのかはわかりません。けれど、気がつけばそのとき、弱虫なはずのわたしは立ち上がって先生のところに向かい、「していないって言ってる、していないって言ってる」と泣きながら、先生の腕をつかんでいたのです。

クラスの男の子たちが「おまえ、スゲェな」と言いました。「おまえって、先生に反抗したりするんだ」とも。男の子たちがどんな気持ちでそのことばを言ったのかはわかりません。

けれど、そのことばはわたしの心に刺さりました。弱い自分も、そして、こんなふうに止められない自分も、どちらもわたしは好きになれなかったのです。

大学生になったころ、その男の子から手紙が来ました。男の子は車のセールスの仕事をしていて、先月は売上げがトップで表彰されたと

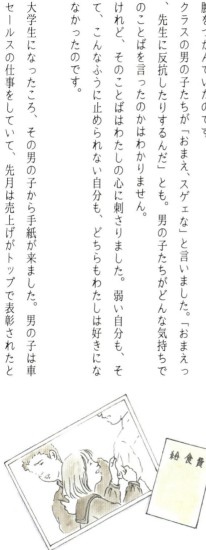

いうことでした。

そして、そのあと驚くことが書いてありました。

「あのお金は本当は僕が盗ったんだ。でも、信じて。もうあれから盗っていないんだよ。僕はお金を見ると、なぜか手が動いてお金をそれまで盗ってしまっていた。でもね、かっこが、僕のことを信じてくれた。泣きながら、盗ってないって言ってると必死に僕をかばってくれた。それがブレーキになって、僕はあれからは一度も盗らないでいられた。そのおかげで、僕は頑張って仕事もできているのだと思う。ありがとう。かっこは人生を変えてくれたんだよ」

すごく驚きました。わたしの中で、自分を好きになれない理由にもなっていたそのことが、知らないうちに、「人生を変えてくれた」なんて言ってもらえることだったなんて。

教員になってから、十年ごとにある教育課程講習会に出かけたときのことでした。今年で定年だというその先生に偶然お会いしました。先生はずっとそのときのことを覚えていたそうで、「若い自分をよく止めてくれたね。あのとき止めてくれてなかったら、僕は教員を辞めていたかもしれない。おかげで定年まで続けられたよ。かっこがあいつを信じてあげられたのに、僕はどうして信じてあげられなかったんだろうね」と笑っていました。

わたしはまたとても驚きました。わたしの中で蓋をしたいと思っていた記憶が、友だちや先生にとって大切な出来事だったなんて、すごくびっくりしました。

昔あった出来事は変わらないけれど、嫌な記憶はいい記憶として書き換えられるのだと思いました。

突拍子もないことを言うようだけれど、そしてわたしは特別な宗教を信仰しているわけではないけれど、わたしたちの後ろには、神様というか、大きな力が働いていて、ときには知らず知らずに行動してしまうようなことが実はとても大切で、いつかの誰かのためになっていて、お互いに誰もが助け合っているというようなことがあるのだろうかとも思いました。やっぱりどんなことも「いつかのいい日のためにある」のだと思えたのでした。

魔女になりたい

わたしは小さいときから、ずっと魔女になりたかったのです。

大人の人から「大きくなったら何になりたいの?」とたずねられると、わたしはすかさ

ず「魔女になりたい」と答えました。

保育園の友だちが「保育園の先生」「看護師さん」「スチュワーデスになりたい」と思っている中、わたしが「魔女になりたい」と言うと、大人の人は「魔女はお話の中にいるだけじゃない？」「スチュワーデスさんとか、他のお仕事はどう？」と聞くのです。保育園の先生も、看護師さんも、どの仕事もとってもとっても素敵です。けれどわたしはどうしても魔女になりたかったので、母に「魔女になるのって難しい？」とたずねました。母は「簡単じゃないわね。修行が必要よ」と言いました。「どんな修行？」と聞いたら、母が教えてくれました。

「いろんなことを想像する修行。たとえば、あそこにいるアリはどんな気持ちで行列を作っているのかとか、触覚でどんなお話をしているのかとか、お花が咲くときの気持ちとか、お月様に行ったらどんなところなのかを想像することは、いつか魔法で変身するとき

に、きっと必要なこと。それから、魔女の仲間の人たちの本をたくさん読むことも必要ね。なんでも食べるのも、いつかトカゲの尻尾やカエルの汗なんかで作った魔法の薬を飲むときに大事だし、それから、ほうきで空を飛ぶためには運動もしっかりしなくちゃね」

想像することは得意です。そして、アリとも石とも、犬ともいつもおしゃべりしていたから、それならできる！　と思いました。

本を読むのは大好きで、父が新聞社帰りに「メアリー・ポピンズ」や「小さい魔女」などの魔女の出てくる本を買って帰ってきてくれたので、夢中で読んでいました。食べることはどうでしょう。大抵のものは食べられました。でも、人参が嫌いだったのです。それも、魔女になるためならなんとか食べられます。けれど、トカゲの尻尾はどうでしょう。これも魔女になるためなら、そのときになれば、なんとかなるでしょう。ところが、運動は難しい。何しろ縄跳びは一回しか飛べなくて、逆上がりもできなくて（実は一生に一回だけできたのですが、そのお話はもっとあとで）、足もすごく遅いのです。

中学校に入ったときには、空を飛ぶために必要ならと考えて、部活動は水泳部を選びました。

バレー部やバスケット部のようにチームでする競技は、昔、ケンパでチームの人に迷惑をかけたみたいに、きっと迷惑をかけてしまうと思いました。

それで、一人でする競技にしようと考えました。思いついたのは陸上と水泳でした。でも、走ることが本当につらかったのです。高校生のときに五〇メートル十五秒というのが最高新記録ですから、陸上部にはとても入れそうにありません。そこで、水泳部なら、それほど友だちに迷惑をかけずにいられるのじゃないかと考えて、ほうきに乗るために、水泳部に入ったのです。もちろん、水泳だってものすごく遅くて、「おぼれているのかと思った」と何度も言われました。


高校生になったある日、進路調査の用紙が配られました。

将来なりたい職業を書く欄があって、わたしは少しは迷ったのです。「魔女って職業なのかな？　もしかしたら、魔女は副業なのかな？　ここに魔女になりたいって書いてもいいのかな？」でも、考えても考えても、なりたいものは魔女なのだからと思って、「魔女」と書きました。そうしたら、母が学校に呼ばれてしまったのです。

「おたくの娘さんが進路調査のプリントに『魔女になりた

い』と書いてきました。家でご両親とよく相談するようにすすめたのですけれど、聞く耳を持っておられないようでした。僕は娘さんを素直ないい子だとずっと思ってきたのに残念です」

「ええ、うちの子はとても素直ないい子です。魔女になりたいというのはあの子の小さいときからの夢なんです」

「今、小さいころの夢を聞いているのではないのですよ。大事な時期に将来のため、どういう学校へ進むことが適切かを調べたいのですよ」

「あの子は魔法の本をいつか読むためにと字を覚えたのです。ほうきに乗るためにと、にがてな運動も頑張ってきたのです。それに、この世に決して魔女がいないなんて誰にも言えないことだし、あの子が魔女になれないとはかぎりませんもの」

先生はそのとき「わかりました。もうお帰りください」とだけおっしゃったそうです。でも

とてもやさしい先生で、「かっこ、魔女もいいけど。先生が知りたいのはどこの大学のどこの学部に進みたいのかということだけだ。それを書いてほしい」と言ってくれました。

それもそうだなと思って考えたのは、理学部の化学科でした。実験で薬を混ぜたり、火をつけてぶくぶく煮たりするのは、魔女が魔法の薬を作るのに似ていると思ったのでした。

ところで、魔女は三百歳とか五百歳とか生きるから、まだまだ魔女になりたいと思っていても大丈夫かなあと思うのです。そんなことで、わたしは今も、修行中です。

II

答案の余白に想いを書く

大学を卒業するときにも、わたしの夢は魔女になることでした。

でも、今のようにハリーポッターの学校もありませんから、どこに進んだらいいかわからないまま、県外の大学院や県外の会社を受験していました。その道に進もうと思ったときに、父が「一人で県外に行くのは、かっこには難しいのじゃないか」と言いました。わたしがしたいと思ったことに父がこういうふうに言ったのは、後にも先にもこのときだけでした。

「どうして?」と言うわたしに、父は、小学校のときも学校にランドセルを忘れてきたり、道がわからなくなったり、富山の大学に進学して実家に帰ってくるときにも、よく反対の方向の電車に乗って帰ってこられなかったりして、いつもいっこ（わたしの妹のことです）が助けてくれていたからと言うのです。「一人は無理じゃないかなあ」と父はまた言いました。

わたしは少しもそんなことに気がついていなくて驚きました。

こうした経緯もあって、わたしは大学院に進むのをやめて、一年間、小学校や高校の講師の仕事をしていました。妹は、大学が特別支援学校の教員養成課程でしたので、大学を出てすぐに特別支援学校の教員となりました。

お夕飯のときなどに、妹が話してくれる子どもたちの話にわたしは夢中になりました。「たっくんは目が見えないの。手の上に大きなオタマジャクシを乗せると、何度も何度も匂いを嗅いで、くちゃいと言っては笑うのよ」

本当になんてかわいくて、なんといとおしい子どもたちだろうと思って、わたしもまた特別支援学校に勤めたいと思うようになりました。

けれど、妹のようには特別支援学校の教員免許がありませんでした。それで教員採用試験のとき、採用試験のテストの答案の周りの余白に、答案を回しながら、ぐるぐると「特別支援学校の教員になりたいです」という思いの丈を書きました。そうしたら、わたしは特別支援学校の教員になれたのです。

逆上がり事件

Ⅱ

逆上がりには不思議な思い出があります。これは本当に不思議なお話です。わたしは手の力もないからか、逆上がりがずっとできませんでした。逆上がりだけでなくて、縄跳びだってなんだってできないのですが、その逆上がりが教員採用試験の課題のひとつにありました。

「ああ、致命的!!」わたしにはそんなふうに思えました。

だって、生まれてからこのかた、ずっと地を這うように、どたどたと足が地面を歩くみたいになって、決して体が鉄棒の上に上がることはなかったのです。そして、先輩は「採用試験は振り分け試験だから、落とすための試験だよ。逆上がりができないと、ちょっと難しいなあ」なんて言うのです。

でもできないと決めつけていては、どうにもなりません。近くの三角公園にある鉄棒で仕事の後、毎晩練習をしました。夜だったので、父や母がときどきついてきてくれました。父も母も逆上がりができて、こうするのよ、手はこう持って、はい、蹴ってと一生懸命教えてくれるのですが、わたしにはやっぱり難しくて、父も母もため息をつくばかりで、いっこうにできそうにはありませんでした。

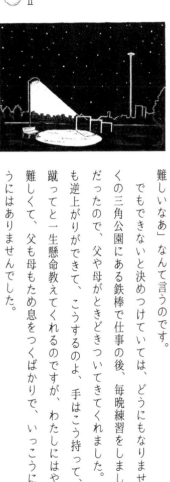

とうとう試験の前の晩になりました。相変わらず、手は伸びたまま、お尻も地面に近いところにあって、あんな高い棒の上に体を持っていくなんてみんなは魔法を使っているのに違いないと思うのでした。

ふと夜空を見上げると、不思議な光がすーっと落ちてきました。

「あれなに？」

その光はすーっと落ちたのに、また上がって、明かりが消えたりついたりして遠いところへ消えていきました。父とわたしは、それを見ていてＵＦＯかなあなんて言い合いました。

朝、その光のことが新聞に載っていました。おおぜいの人がその光を見ていたからなのでした。でも、地元にある小松自衛隊の調べでは、その時間に飛行機などの発着はなかったと書いてありました。いったいなんだったのでしょう。

そんな朝、試験を受けに行きました。

逆上がりでついにわたしの番がやってきました。そして、何が起きたか、わたしにはよくわかりませんでした。ただ、気がついたときに、わたしは鉄棒の上にいたのです。どうも逆上がりができたみたいなのでした。

本当に驚きました。

家では父も母も、そして妹も、わたしが逆上がりができることなど絶対にないと思っていたのです。だから「できたんだよ」と言ったときにも、妹は「なにが？」と聞いたし、「逆上がり」と言ったときも、誰もが信じられないようでした。

わたしは「みんなにできるところを見せるよ」と言って、意気揚々と三角公園へ出かけましたが、やっぱり前の晩と変わらないで、地を這うばかり。逆上がりなどできないのでした。

結局のところ、一生で逆上がりができたのは、その一回だけでした。もし、あのときに逆上がりができていなかったら、教員になれていなかったのかもしれません。それは本当のところはわからないけれど、でも、逆上がりができたことは不思議でした。父が「ＵＦＯがお尻を押してくれたのかな？」とぽつりと言いました。

宝物の消しゴム

あるとき、教育実習をさせていただいた小学校の指導教官の先生からファックスをいただきました。

とてもとても驚きました。だってもう本当に昔のことなのです。たった二週間の実習でした。でも先生はわたしのことを覚えていてくださって、教員の名簿録を調べて、そこに載っていた電話番号をみつけて、ファックスを送ってくれたのでした。

先生はわたしがすっかり忘れているわたしの初めての授業のことを書いてくださっていました。

あのときに、クラスに週に一回、他の学校にあるなかよし学級に通っている男の子がいたのを覚えているかい？　僕はその子がどんな授業にも入れないでいることを、仕方のないことだと思っていた。彼はいつも独り言を言っていて、僕はその独り言に耳を傾けることを忘れていた。ところが君は最初の国語の授業で彼の独り言をとりあげて『すてき!!　今ちょっと聞こえたけれど、もう一回教えて』と言って拍手して、心から彼の独り言を喜んでいたね。そのあと彼はなんと初めて自分から手を挙げて発表した。驚いたねえ。そして答えが違っていたのに、君はまた、『どうしてそう思ったの？　わあ、すてき！　すてき!!』と言ったんだよ。そのあと、また彼が手を挙げてその答えが合っていたとき、クラスのみんなが拍手をした。僕はそのとき泣いていたよ。

ファックスにはそう書いてありました。

わたしも彼のことを覚えています。とてもやさしい男の子で、実習が終わる日に、わたしの手をぎゅっとにぎって「行かないで」と言ってくれたのです。使っていた消しゴムを「これあげる」とプレゼントしてくれたことも覚えています。少し小さくなった丸い消しゴムはわたしの筆箱の中に長く、宝物のようにしてありました。

先生はファックスにそのあと「『すてき』ということばを僕も使いたいと思ったけれど、男のことばじゃない気がして、すごいぞすごいぞって言うようになったよ」とも書いてありました。

たぶん、わたしの初めての授業は本当はめちゃくちゃだったろうと思います。最初の授業でしたから、とてもとても緊張していました。何をおしゃべりしたかも覚えていないほどで、終わってから大きな息をして、ああ、やっと息ができたと思ったほどでした。

わたしのことですもの、きっと失敗もいっぱいあったのだと思います。でも先生はそのことは少しも言わずに、いいところだけ書いてくださったのだと思います。

先生がわたしにこんなにも温かなファックスをくださったことは、わたしにとって、本当に勇気をいただけることでした。

そしてもうひとつ思ったことがあるのです。わたしが小学五年生の対角線のテストのときに、先生が少しも悪いわけではないのに、それでも、泣いてしまった悲しい気持ち。その気持ちがあったからこそ、教育実習のときも、どのお子さんのことばにも耳を傾けたいと思えたのかもしれません。

小さかったわたしがあのときに思ったことは、いつか大人になったときに、たとえどんなに小さなお子さんでも、自分の考えと比べて突拍子もないことのように思えたとしても、子どもたちの言うことの中に実は大事なことが含まれていることだってあるのだということでした。

そして、大人だから子どもだから、赤ちゃんだからというようなことは決してないのだと考えたように思います。

わたしはときどき、すごく不思議なことを考えます。わたしたちは、自由に考えて自由に行動していると思うのです。そして、今日の朝はなん時に起きようかとか、コーヒーにしようか紅茶にしようかとか、そういう小さな判断の積み重ねで自分の未来を創っていることは間違いないことだと思います。でも、その判断は誰かの未来にも影響し、わたしたち全体の未来を形作っているようにも思います。

そして振り返れば、ひとつひとつの行動や思いや判断の奥に、まるで何かわからない大きな力が働いていていて、出来事が起き、人と人が関わり、思いを交わすのだろうかなんて、そんなことを考えたりもするのです。

特別支援学校の教員となって

わたしが特別支援学校の教員になったのは、一九八〇（昭和五十五）年でした。その一年前の昭和五十四年に特別支援学校が義務教育となりました。小学校や中学校はもちろんとっくに義務教育でしたが、それまでは重い障がいを持っているお子さんは就学猶予や就学免除ということで、家や施設ですごして学校に行くことのできない時代があったのです。

でも、昭和五十四年に、都道府県や保護者にはすべての子どもたちに教育を受けさせる義務があるということになりました。それまで学校に行くことができなかった生徒さんも学校に来られていたので、わたしが教員になったとき、わたしよりも年上の生徒さんがたくさんいました。生徒さんはわたしのことを「えちゃけなねえさんが来た」と言いました。

「えちゃけな」とは学校がある地域の方言で、世話をしてあげないといけない、幼いといった意味のようでした。

わたしときたら、方向音痴で、狭い学校の中でもよく迷子になりました。わたしが忘れ

物をしそうになると、子どもたちが「かっこちゃん、今日の荷物は三つだからね」と教えてくれました。

でもそれだけでなくて、子どもたちは本当にたくさんの大切なことを教えてくれました。

お互い様で生きている

学校の教員になってすぐに、わたしは吉川くんと出会いました。たぶん、就学猶予などがあって、吉川くんはわたしより年上だったと思います。吉川くんは手や足を白い包帯ベルトのようなものでしばって車椅子に乗っていました。

どうしてしばらなくちゃいけないのだろうとびっくりして、吉川くんにたずねました。

吉川くんは口に麻痺がありましたが、ゆっくりと教えてくれました。

「手が伸びるとき、頭から、内側の筋肉は伸びろと、外側の筋肉は縮めと命令を出すから手が伸びるらしいけど、僕はその命令がうまくいかないから、両方がいっぺんに伸びたり、いっぺんに縮んだりする。だから、手が急に伸びて、隣にいる人をすごい勢いで叩いたみたいになったこともあってね。それが怖くて、手と足をしばってもらっているんだよ」

白い包帯ベルトは人を傷つけないためだったのです。

それからしばらくして吉川くんたちと一緒に花見遠足に公園へ出かけたときのことです。わたしたちのそばにいた小学一年生くらいの男の子が「お兄ちゃん、足とか手、どうしたんや。なんで歩けんの？」と急に吉川くんにたずねました。

わたしが、どうして手や足をしばっているの？　と吉川くんにたずねたように、男の子も、どうしてなのかなあと不思議に思ったのでしょう。吉川くんはおそらく、わたしが以前に聞いたときと同じように「小さいときに高い熱が出て、その後歩けなくなったんだよ」と男の子に伝えようとしていたのだと思います。まさにそのときでした。

女の先生がそばに来て、「どこ行っとったんや。特別支援学校の子のそばに寄ったらいかんって言ったでしょう」と怒りました。男の子は、今度はその先生に「どうしてあのお兄ちゃんの足、あんなふうになったの？」とたずねました。

先生は「あんたも人を蹴ったり、悪いことしたら、あんなになるんやよ」と答えたのです。

あまりに驚いて、呆然としました。はっと気がついて、それは違いますと言いたくて、その先生を追いかけようとしました。でも、吉川くんは「いいよ、僕は人を蹴ることのできる足も持っとらんし、なれとるしだいじょうぶだから、泣かなくていいよ」と言いました。

学校にいるあいだも、夜もずっと考えていました。吉川くんは「なれとるし」と言いました。なぜ吉川くんや子どもたちは、「そばに寄ったらいかん」と言われなければならなかったのでしょうか？　どうして、「悪いことをしたから足が動かなくなった」なんて言われたのでしょうか？

あの男の子はどう思っただろう。先生がおっしゃった間違ったことを、信じただろうか？ぐるぐる考えていたときに、ふと思ったのです。

わたしもあの先生と同じかもしれない。

なぜって、そのころはよくこんな言葉を耳にしました。「ごはんを粗末にしたら目がつぶれるよ」「人を蹴ったら足が悪くなる」「何されるかわからんから特別支援学校の子に近づかんようにしまっし（しなさい）」……。

いくら子どもたちに行儀よくしてもらいたい、やさしい子になってほしいと思ってのことばだとしても、このことばは間違っています。もし自分が言われたらどんなに悲しいことでしょう。自分が言われて悲しいということは、他の誰かも悲しいということ。そんな簡単なことにわたしは気がつかずにいました。

吉川くんはこう言いました。

「それは、自分の周りや家族に障がいを持った人がいなくて、出会わなかったからじゃないかな？　出会っていないとわからないんだよ」

本当にそうですね。あの男の子の先生も、悪い人でも特別な人でもなんでもないのです。ただ、出会わなかっただけ。

人はみんないろいろ。男の人、女の人、背の高い人、そうではない人、髪の毛の長い人、短い人、お国の違う人、野菜を食べるのが好きな人、肉が好きな人、障がいのある人、ない人……どの人もみんな同じようにうれしいことがあったり、悲しいことがあったり、元気な日があったり、つらい日があったり、そんなふうにしながら、みんなお互い様で生きているということを、いろいろな人と出会うことで、まだ心の柔らかいあいだに知ることができたらいいなあと思いました。

本当はみんなで支え合って助け合って生きているんですものね。

ありがとうの花が咲くよ

千恵ちゃんという女の子がいました。千恵ちゃんは車椅子に乗っているお子さんでした。

千恵ちゃんはいつも「ありがとう」と言いました。トイレでの介助でわたしが千恵ちゃんを抱きかかえたら「ありがとう」、座ってもらったら「ありがとう」というふうに、ありがとうを何度も何度も言うのです。

千恵ちゃんに「そんなにありがとうって言わなくてもいいよ。わたしは千恵ちゃんとトイレに来るのがうれしいし、千恵ちゃんといると楽しいし、そんなに何度もありがとうばかり言っていたら、千恵ちゃんずっとありがとうばかり言わなくちゃならなくなるよ」

そのとき、千恵ちゃんが、ぱっとわたしの顔を見て言ったことばはとても素敵でした。

「かっこちゃん、そうじゃないよ。お母さんが教えてくれたの。ありがとうって言うと、千恵子の心に花が咲くよって。相手の心にも自分の心にもありがとうって言うと花が咲くよって。お母さんがね、千恵子は事故で障がいを持って、なくしたものもいっぱいあるかもしれないけど、そのおかげで、ありがとうって言う機会をいっぱいもらったんだよ。人に手伝ってもらわないと千恵子は生きていけない。でも、そのたびにいっぱいありがとうと言えるね。そうすると、心に花が咲くんだよって、お母さんが教えてくれたよ。

かっこちゃん、ありがとうと言うと、うれしいよ。ありがとうと言うと、しあわせになる。わたしもみんなもしあわせになる。わたしは、みんなに手伝ってもらわないといけない。でもだからこそ、ありがとうがいっぱい言える体にしてもらったんだよ」

千恵ちゃんがそう教えてくれたのです。わたしは泣きました。トイレで千恵ちゃんと抱き合って泣きました。ありがとう、ありがとうといっぱい言って泣きました。わたしはそれから、ありがとうと言うと、なんだか、心にひまわりがひとつ咲くような気がしています。千恵ちゃんはひまわりが好きだから。

ありがとうは魔法のことばかもしれません。

本当はみんな仲良くしたい

山の隣に学校がありました。大きな大きな茶色の犬がふらりと学校へやってきました。その犬はもしかしたら、山に住んでいる野犬だったのかもしれません。

今のように学校の門は閉じられていなくて、そこからその大きな犬は、うっかりと中へ入ってきてしまったのかもしれません。でも、あまりに大きな犬だったので、職員があわてて外へ出そうとしたのだと思います。犬は追われて学校の中へも入り、追い詰められて二階に上がり、廊下で歯をむき出してうなっていました。廊下の向こうは行き止まりで出口がなくて、車椅子に乗っている子どもたちと先生がそこにいました。犬を追ってきたのは職員だけでなく、駐在さんや消防の人もいました。

毛を逆立てて唸《うな》り声をあげ、追ってきた人たちに今にも飛びかかろうとしていました。子どもたちは怖くて泣いていました。

犬も怖くて怖くて、我を忘れているようでした。

わたしは犬と話がしたかったのです。みんなをかき分けて、犬の前へ進もうとしました。「危ない」「さがってろ」「何をするつもりだ」ということばが聞こえました。でも、わたしの中では、そこにいるのは自分と犬だけでした。

犬の目をみつめ、ゆっくりと進んで、そして座って手をそっと出しました。「だいじょうぶ」「だいじょうぶだよ。怖くない」

警戒していた犬の顔がふっと柔らかくなるのがわかりました。

「ごめんね。おいで、帰ろう」

ふぅーんというかわいい声を出して、大きな犬はゆっくりと、わたしのほうへ来てくれました。やさしい顔でわたしの顔を見上げ、そして手を舐めてくれました。

「帰ろうね」わたしと大きな犬は職員や駐在さんの間を抜けて、学校の外に出ました。山へ続く道のところに行って「ごめんね、怖かったね。お帰りね」と言うと、犬は立っているわたしの体にやさしく足をかけて、そのあと、山へ帰って行きました。大きな犬はみんなのことを許してくれたんだなあと思いました。小さかったときも、犬や猫や鳥や虫はいつも友だちでした。みんな、いつもやさしかった。

大きな犬が来たときに廊下の向こうにいたゆうちゃんが、「まさるちゃんのときと同じだったね。かっこちゃんは、

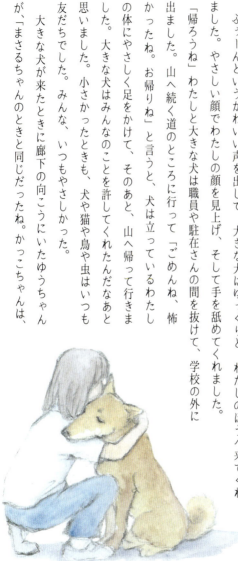

まさるちゃんのときも、だいじょうぶ。怖くないよって言ったよ」と声をかけてくれました。

そうだ、まさるちゃんも、この学校に来たときは怖かったんだよね。だから、怒ってて、あばれちゃって、止めようとする人を噛んじゃったり、髪をひっぱったりしちゃったけど、ただ怖かっただけなんだよね。みんな自分のことは守らなくちゃって思うものね。

そのとき、ゆうちゃんが「かっこちゃん、本当はみんな仲良くしたいんだよね」と言いました。そうだ、本当はみんな仲良くしたいんだ。そのことばはわたしの心にしっかりと残りました。

自分の名前で絵を飾る

学校の授業では美術をよく担当しました。描いたり作ったりが大好きだったから、美術の授業もとても楽しかったです。子どもたちの描く絵は本当に素敵でした。わたしは、こんなに素敵な絵や作品を多くの人に見てもらいたかったのです。

でも、そのころは障がいのあるお子さんがどんなに素敵な絵を描いても、文章を綴《つづ》っても、それが本名で発表されることはほとんどなくて、東京都A子とか、K・Yとか、イニシャルや仮名でしか飾られない時代でした。新聞やテレビに運動会などの写真が映ったとしても、後ろ姿だったり、米粒のような大きさの写真だったりしました。

わたしは、どうして、こんなに素敵な絵を描いたのにどうどうと自分の名前をつけて発表できないのだろうと不思議でしたが、先輩は「子どもたちはここに生まれて生きていることすら隠されているんだ。それは親が悪いんじゃない。社会がそうなんだ」と教えてくれました。

なぜ、そんなことが起きるのだろう、自分が自分であることを隠さなくてはならないのは、とても悲しいことではないか。そして子どもたちはこんなに素敵だし、こんなに素敵な作品を描くのにと思いました。そのときのわたしには何もすることができなかったけれど、自分の作品に自分の名前をつけられないのはおかしいという思いはずっと残っていました。

そしてわたしの心の中に、いつか子どもたちの素敵な作品を、仮名やイニシャルではなく、子どもたちの名前をつけて多くのみなさんに見てもらいたいという決意のような気持ちが湧き上がってきたのです。

加賀市の加佐《かさ》の岬《みさき》にあった硲伊之助《はざまいのすけ》美術館（現在の加佐ノ岬倶楽部）で、学校の子どもたちの作品展を開こうということになりました。

開催の前に同僚が、「そんなことができるのだろうか?」と言いました。それくらい、まだまだ名前が出ることが少なかった時代でした。「こうしたい、こうなったらいいと思ったら、したらいいのだとわたしは思う。そうすれば、何かが変わると思う」と答えると、大丈夫かなあと心配しながら力になってくれました。子どもたちに相談したときには、目を輝かせて「やろう」「やりたい」と言ってくれて、一緒に準備をしました。

子どもたちの思いがたんぽぽの綿毛のように、社会に広く飛んでいったらいいなあという気持ち。そして、たんぽぽはとても強くて、寒い冬には地面にしがみつくようにして生きていて、春になると根っこを伸ばして、葉っぱを立ち上がらせ、花を咲かせて種を飛ばす。そんなふうにみんなで強く生きていけたらなあと思って、子どもたちと相談して展覧会を「たんぽぽの仲間たち作品展」と名づけました。子どもたちも、作品を見てくださったみなさんも、みんながみんな「たんぽぽの仲間たち」というわけです。

みんなで書いた大きな絵をデザインとして使い、四冊の詩集と絵本を出版した原田大助くんの詩をつけて、ポストカードにしました。

僕の気持ちは　空をとぶ

風の中　海の上　星の下……

あなたに　届きますように

原田大助

すごくうれしかったのは、子どもたちのご両親がとても喜んで、親戚やご近所にもポストカードを配ってくださったことです。「最初は勇気がいることだったけど、配りだしたら、みんなが『見に行くよ』『そうか、絵を描くんか、すごいな』って言ってくれてね。息子を誇りに思ったよ」と話してくださいました。

子どもたちの作品は、学校の木工班で子どもたちが作った素敵な額に収めました。展覧会でよく使われているようなスチロールで作ったキャプションに子どもたちが決めた題名と、そして名前を書いて、絵の隣に添えました。

美術館の方が「他のアーティストの個展と同じだ」と言いました。子どもたちやご両親が、絵の横につけられた名前を誇らしげに見ていたことが忘れられません。

東京からたまたま旅で来ていた美術大学の先生が後日お手紙をくださいました。

なぜ、石川の人里離れた場所に、これほどまでに素晴らしい作品が、このような形で作品展として行われているのかと不思議でならなかったのです。すべてが無名の芸術家で、聞けば、特別支援学校の子どもたちの作品であるという。一階のティールームでマスターに聞けば、毎日通ってくる人もいる。涙を流しながら見ている人もいるという。これからは、障がい者のアーティストがどんどん出てくる時代になると確信しました。ただどうしても筆をとりたくて。

二週間ほどの作品展には驚くほどおおぜいの方が来てくださいました。そして、二週間で終わるはずだった作品展が全国のお寺や児童会館、さらにはデパートなどを巡回しました。わたしのエッセイを添えて作品は『名古屋御坊《なごやごぼう》』という新聞にも毎月掲載されました。

そのときの校長先生が来年からは学校主催で展覧会をしようとおっしゃって、その次の年は加賀市の特別支援教室も加わってもらって一緒に行おうということになりました。今では、石川県全体の特別支援学校の美術展「ふれあい展」として開催されるようになり、最初の作品展からは二十五年ほどが経っています。

おそらくは、同じような気持ちを持つ人が日本中のあちこちにおられたのだと思うのです。同じような作品展や個展が全国で開催されるようになり、いつしか、障がいがあるなしにかかわらず、素晴らしい表現をする芸術家として、作品に名前をつけて飾られる今となりました。

自分が自分であることを誇りに思って、そして、どうどうと名前を出して自分の気持ちを発表できるということはとても大切なことだと思うのです。

それはやっぱり、幸せにつながることのようにも思うのです。

子どもたちは作品展をすごく喜んでくれました。えびちゃんが「どうして自分の名前をつけて発表することを当たり前だって思わなかったんだろう。本当は当たり前のことだよね。これから僕はどうどうと自分の名前を出して生きて行く」と言ってくれて、たくさんの方が期間中来てくださったことをみんなで喜んで、お祝いパーティもしたのでした。

たんぽぽの仲間たち作品展を通して、もうひとつ考えたことがあります。それは、湧き上がるようにどうしてもし

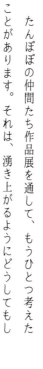

たいと思ったことは、振り返ってみれば、実はとても大切で必要なことだったのだということです。湧き上がるようにしたいと思うとき、まるで星や月や自然が「頑張れ」と囁《ささや》いているような気持ちがします。昔、星や月と地上のすべてがつながっていると感じたような感覚を、わたしはそのときに感じるのです。

わたしは小さなころから、象もキリンもライオンも、ミミズもダンゴムシもカビも同じように、大切。宇宙はそんなふうにできていると思っていました。

ですから、人と人もどちらがえらくてどちらがえらくないということもないし、どちらかが支えるばかりだったり教えるばかりということはなくて、いつも支え合って教え合って、みんなで生きていると思っていました。

でもその当時は、障がいを持っておられる方は人から一方的に支えられて、世話をされるばかりの存在だと思われていたように感じます。

学校で出会った子どもたちに、わたしはいつも助けてもらって、支えてもらっていました。そしてたくさんの大切なことを教えてもらっていました。こんなに素敵な子どもたちのことを独り占めしているのはもったいない。多くの人にも知ってもらいたい。だから本を書きたいと思ったのが、作家としてのスタートのきっかけになったのかもしれません。

『1／4の奇跡』の映画

『1／4の奇跡〜本当のことだから〜』という映画が上映されて、もう十年がすぎました。監督の入江富美子さんが急に思い立つようにして、家庭用のビデオカメラを使って撮影を始めたという映画ですが、驚くことに今では世界十八カ国、十八万人もの方が観てくださって、今も上映し続けられています。

　この映画にはわたしの友だちの雪絵ちゃんが出てきます。わたしと雪絵ちゃんは、慢性の病気などのために特別な支援が必要なお子さんたちが通う病弱特別支援学校で出会いました。雪絵ちゃんは、多発性硬化症という病気を中学校二年のときに発病しました。発病すると、目が見えにくくなったり手や足が動きにくくなったりして、しばらくすると回復するのです。多発性硬化症でも一度発病したっきり、その後まったく発病されない方もおられますが、雪絵ちゃんの場合は再発した前の状態に戻ることが難しくて、だんだんと見えにくくなったり動きにくくなったりしていきました。

　でもどんなときも、雪絵ちゃんは「わたしは病気でよかったよ」と言いました。「病気になったからこそ、気がつけたことがいっぱいあるし、病気になったからこそ、今周りにいる人に出会えた。かっこちゃんに出会えた。病気じゃなかったら違う人と出会えたかもしれないけれど、わたしは今周りにいる人がいい。かっこちゃんがいいよ。だからこれでいい。わたしは目が見えなくなっても、手や足が動かなくなっても、息ができなくて人工呼吸器を使わなくちゃならなくなっても、病気になったことを後悔しないよ」と雪絵ちゃんは言い切るのです。

あるとき、入院中の雪絵ちゃんの体が指一本動かなくなってしまいました。「何かうれしくなるような話をして」と雪絵ちゃんが言いました。わたしはその日、前にNHKの『驚異の小宇宙　人体Ⅲ』という科学番組（NHKスペシャル、一九九九年放送）を見て考えたことをぜひ話したいと思っていました。

それは、マラリアと鎌状赤血球貧血症についてのお話でした。マラリアは死に至る可能性がある大変怖い病気です。ですから、マラリアが蔓延すると、町が絶滅する心配もあるのです。

番組では、マラリアが多く発生するアフリカでは鎌状赤血球貧血症という病気の人が多くいて、この病気の遺伝子をひとつ持っていると、マラリアにかかっても生き残れるのだ

と紹介していました。

わたしたちの多くの人の赤血球はハンバーグの真ん中をつぶしたような形をしているけれど、鎌状赤血球貧血症の人の赤血球は草を刈る鎌の形をしていて酸素をうまく運べません。マラリアの原因となるマラリア原虫が体内で増えにくくなるのでマラリアへの抵抗力があるとされていますが、でもその代わり、呼吸困難になったり、肝臓や腎臓に負担がかかって、免疫不全を起こして亡くなってしまうこともあるそうです。そして、そういう重い障がいを持つ人が高い確率で現れるということがわかっています。

この病気の遺伝子をそれぞれ持つお父さん・お母さんの子どもたちを集めると、三つのグループに分かれます。一つ目は「鎌状赤血球の遺伝子を持っていて、重い障がいのあるグループ」で全体の四分の一。このグループの方はひどい出血とものすごい痛みがあり、体を動かすことが困難になって、多くは成人の前に亡くなってしまいます。

二つ目は「鎌状赤血球を持つけれど、障がいのない人たち」で全体の四分の二。そして、最後のグループは「鎌状ではなくて、多くの人が持っている赤血

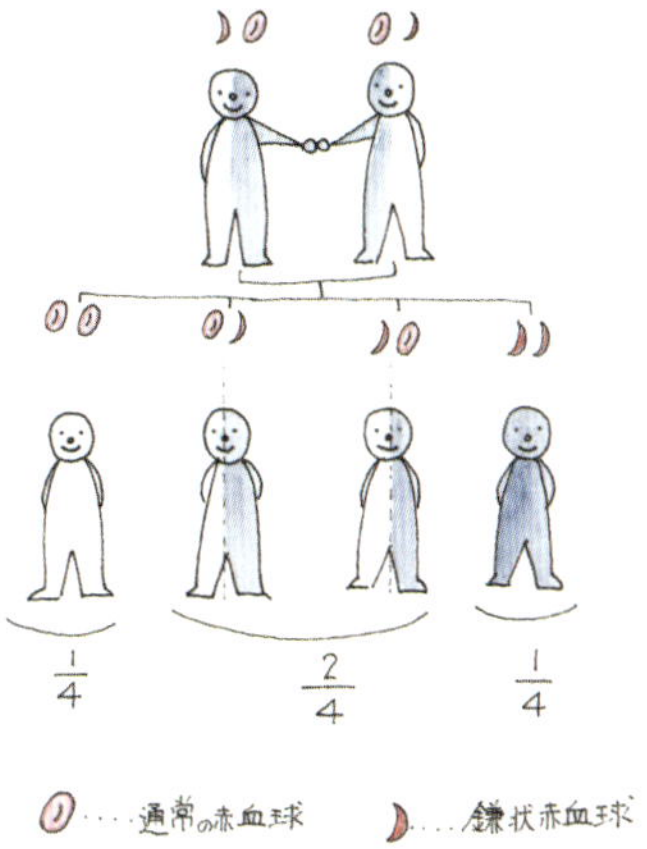

球と同じ形で、障がいのない人たち」四分の一。

マラリアが流行ると、鎌状赤血球を持たない三番目のグループの人たちは亡くなってしまいます。生き残ったのは、鎌状赤血球を持つその他の人たちでした。

町の人々が絶滅しないためには、マラリアに強い遺伝子が必要でした。でもその遺伝子を得るためには、病気や障がいを持つ遺伝子も必要だったのです。

マラリアと鎌状赤血球貧血症の例からは、病気や障がいを「引き受ける人」がいなければ、人間が絶滅してしまっていたことがわかります。わたしたちが元気に明日に向かっていくことができるのは、その人たちが、苦しみがあっても頑張ってくださったおかげと言えるのだと思いました。そんなふうに考えると、今も障がいを持ちながら頑張ってくださっている人たちがいる、その人たちはわたしたちの子どもたちや未来の子どもたちを支えてくれているということにならないでしょうか。

わたしが雪絵ちゃんにこの話をすると、雪絵ちゃんは「うれしい」と言って、

「わたしたちだけで、こんなにいい話を知っているのはもったいないよ。病気や障がいがとても大切だ、ということ。みんなが素晴らしい役割を持っていること。それが、科学的に証明されていること。すべての人が、この宇宙から必要とされていること。そんなこと

を、世界中の人が当たり前に知っている世の中に、かっこちゃんがしてほしい」
「世界中に？　そんなの無理だよ」とわたしは言おうとしたけれど、雪絵ちゃんは「何も言わないで約束して。かっこちゃん、お願い――」

それが、雪絵ちゃんの遺言になりました。わたしは雪絵ちゃんとの約束を守りたいと思って、本を書きました。それが映画化されたのが『1／4の奇跡』の映画です。

映画の中には、生命学者であり遺伝子学者である村上和雄先生が出ておられます。先生は『1／4の奇跡』は入り口にしかすぎない。地球四十六億年の歴史ではそのようなことが数多く行われ、今わたしたちが生きていることは、ただごとではない。すべてが必要で大切な命なのだとおっしゃっています。

十年経って、この映画は世界中の信じられないほど多くの方に観ていただけています。雪絵ちゃんは亡くなったけれど、不思議なことに、たくさんの人と人を出会わせ、つなぎ、今も多くの方の心を揺さぶり続けてくれています。

わたしは教員をしていて、三度、どうしても湧き上がる大きな思いが止められないと感じたことがあります。

一度目が「たんぽぽの仲間たち作品展」そして、二度目がこの「雪絵ちゃんの願い」を広めたいと思ったこと。三度目が、あとでお話しする「白雪姫プロジェクト」です。三度とも不思議な偶然が重なったり、驚くほど多くの方が応援してくれたりして、うれしいことに今も広まり続けています。

誰にも湧き上がるように、どうしてもなしとげたいと思うことがあるのではないでしょうか。その思いはもしかしたら、天の思いなのかもしれないと考えることがあります。すべての人は、いつも天とつながって生きていて、天の思いに助けられて、湧き上がるような思いを感じたり、お手伝いをしたりするのかもしれないなあと今は思ったりしています。

誰にも深い思いがあるという確信

特別支援学校が義務化になった次の年に、わたしは車椅子の子どもたちが通う特別支援学校に勤めました。学校には近くの施設に入所している子どもたちが通っていました。けれど、学校に通えない子どもたちの部屋があったのです。その部屋には柵に囲まれたベッドが並んでいて、ベッドには手も足も動かず、深い思いも持っていないと当時思われた子どもたちが寝ていました。

子どもたちは、生まれてからその部屋を出たことは一度もなく、白い壁と白い天井に囲まれて、白いベッドにずっと寝ていました。テレビもラジオもない、とても静かな部屋でした。そこにいるちいちゃんという女の子の担当になりました。

看護師さんはみなさん一生懸命でやさしかったけれど、車椅子のお子さんのトイレや食事や着替えなど、とても忙しくされていました。その部屋の子どもたちは深い思いを持っているとは思われていなかったので、誰からも声をかけられることはありませんでした。ちいちゃんもまたそうでした。

施設のお医者さんでもある園長先生は「あの子は脳がまったくないので、見えないし、聞こえないし、感じないし、わからないから、君は好きな本を読んですごしてくれたらいいよ」と言われました。

ちいちゃんには脳幹という部分はありました。脳幹は息をしたり、内臓を動かしたりする機能をつかさどる、いわば命をつかさどる場所で、脳幹がまったく動かないと生きていくことはできません。ちいちゃんは脳幹はあったけれど、でも、見たり聞いたり考えたりする大脳のない女の子だったのです。

ですから、園長先生は「この子には大脳がないので、何をしても無駄ですよ。しかし、法律が変わったので来てもらわないといけません。あなたは毎日来て、自分の読みたい本を読んだりして時間をすごして帰っていただけたらそれでいいですよ」と言われるのでした。

でも、実際に会ってみると、ちいちゃんがかわいくてなりませんでした。かわいいと思うと世界中の人が同じことをします。泣いている赤ちゃんを抱き上げて、抱きしめて揺らしたり歌をうたったりします。わたしもそうしたくてたまりませんでした。けれど、抱き上げたり抱きしめたりしていいのかどうかはわかりませんでした。

わたしは高等部の教員でした。ちいちゃんがいくつだったか、正確には思い出せないけれど、義務教育を受ける前に就学猶予の期間もあったかと思うと、少なくとも十五歳以上ではなかったかと思います。十五年も十六年も体を触られなくて寝たままにしておくと、人間の体は腰も曲がらなくなるし、手も足も拘縮《こうしゅく》して硬くなって、骨ももろくなるのです。

それでも、ちいちゃんがかわいくてならずに、湧き上がるように抱きたくて、抱いたり揺らしたり歌をうたったりしました。

ある日、看護師さんが「大変なことがわかりました」と言いました。

ドキッとしました。骨でも折れたのだろうか。わたしがしたのだろうかと心配になった

のです。ところが看護師さんは、「あの子がいる部屋の子どもたちは、手も足もどこも動かさないでいるので、静かな部屋です。ところが八時のおむつ替えをしているときに、あの子だけが手や足をバタバタ動かす。そうしてあなたがやってくる。最初はまさかと思ったけれど毎日だから間違いない。あの子は他の人の足音とあなたの足音を聞き分けて、あなたが来るのを待っていて、あなたが来るのを喜んでいる」と教えてくれたのです。

わたしはそれを聞いて声をあげて泣きました。生まれてからずっと誰からも声をかけられることがなくて、白い壁、白い天井に囲まれて、ラジオもテレビもない部屋で、朝が来て、夜が来て、そんな毎日をちいちゃんは送っていました。そのちいちゃんが、わたしのことを他の人と違う特別な存在だと思ってくれているというのでしょうか。朝のオムツ替えが始まって、しばらくするとわたしが現れるのに気がついて、「そろそろ来るだろうか？もう来るだろうか？」とわたしを待っていて、わたしが来るのを喜んでくれているというのでしょうか。

ちいちゃんはそのあと、「かわいいね」「大好きだよ」とわたしが言うと笑ったり、「もう帰るね」と言うと泣いたりするようになりました。とってもうれしかったけれど、どうしてちいちゃんが「かわいいね」とか「大好きだよ」「もう帰るね」という言葉の意味がわかるのかが不思議でなりませんでした。ちいちゃんは、誰からも話しかけられたことがなかったからです。

手遊びもよくしました。「一本橋こちょこちょ、二本橋こちょこちょ、階段登って、こちょこちょ」とくすぐる遊びです。

最初はなんの変化もなかったのですが、ある日、笑ってくれました。うれしくて、園長先生に「一本橋こちょこちょで笑いました。ちいちゃんは全部わかっています」と言いました。でも、園長先生は「それは反射にすぎません。脳がありませんからね」とおっしゃいました。

そうなんだろうかと思って、次の日にまた「一本橋こちょこちょ。二本橋こちょこちょ。階段登って」そこでやめてみたのです。ちいちゃんは、くすぐってもいないのに、もう待てないと笑いだしました。

くすぐっていないのに笑うのは反射ではありません。期待する気持ちがあるということだと思いました。園長先生が間違っているなんて言いたいわけではないのです。手や足が怪我をしたら、血は出るけれど治ります。でもその当時は、脳の中が出血して損傷したらそこはもう回復しないと思われていました。医学も社会の常識もそうでした。わたしもそのときは、ちいちゃんは先生がおっしゃった様子と、なんだか違うなあと思っただけです。

　ところがそのあと、絵本を読んだときのことです。その絵本がなんだったかは今ではわからないけれど、町に出かけたお母さん狐を待つ子狐が「お母さん、お母さん」と泣くシーンで、ちいちゃんの目に涙がたまっているのを見ました。わたしは最初、ちいちゃんは狐もお母さんも町も知らないのだから、ここで泣くわけがない。きっとあくびをしたか、どこか痛かったのだろうと思いました。でもその次の日、ちいちゃんは同じシーンでまた涙をポロポロとこぼしました。


　ちいちゃんと出会って二つのことを考えました。

　多くの常識では、人は教育によって学んでいくと思われています。でもそうではなくて、生まれたときから、わたしたちは見たことのない動物の名前も、行ったことのない海や山も、みんな知っているのだと思いました。そうでなければ、ちいちゃんがここで涙を流すはずがないと思ったのです。

　突拍子もないことのようだけれど、昆虫をずっと見ていたわたしは、もんしろちょうは教わりもしないのにキャベツに卵を産み、アゲハチョウはみかん

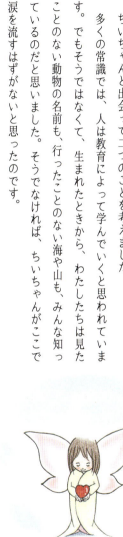

の木に卵を産むということを知っていました。昆虫は教わりもしないのに、巣の作り方も、餌のとり方も、子孫の残し方も知っていました。

きっと人間だって同じだと思いました。それは、どんなに重い障がいがあっても、またどんな状態にあっても、誰もが深い思いを持っているという確信につながったのです。

そして、もう一つは回復する方法があるのだということです。わたしはちいちゃんの体を起こして、揺らして歌をうたいました。それはみんな脳幹を活発にすることでした。そのことがきっと、回復につながるのだと確信したのでした。

生まれたときからみんな知っているという確信

くみちゃんのお話をします。

くみちゃんは、生まれたときから目がまったく見えなくて、耳もまったく聞こえないお子さんでした。

光が見えないだけでなく、音も聞こえないくみちゃんは、夜寝て昼起きるというようなリズムがあまりなくて、しょっちゅう昼夜逆転になっていたようです。おそらくは、昼のざわざわした感じも夜のしーんとした感じも感じられないので、昼と夜の区別がつかなかったためだと思います。また、お母さんのお話では、くみちゃんは目と耳からの刺激がないので、口からの感覚を求めてものすごくたくさん食べるようになったそうで、体がとても大きなお子さんでした。力も強くて、物を倒して壊したり、食べ物を食べて散らかしてしまったり、ご家族にかみついたりひっかいたり、どこでもトイレをしてしまうこともいっぱいあったようです。

高校二年生のときに、お父さんがくみちゃんとのやりとりで骨折して入院してしまいました。お母さんお一人でくみちゃんのお世話をするのは難しいということで、児童相談所から施設に入所したお子さんでした。

くみちゃんは施設に入ったあとも、何人もの周りの人を怪我させてしまいました。中には入院した方もいました。それほど、くみちゃんの荒れ様は大変でした。でもそれは仕方がなかったと思います。くみちゃんにしてみたら、突然、大好きなお母さんもお父さんもいない別のところに連れてこられ、

そして、おそらくはくみちゃんが作り上げてきた頭の中の部屋の地図とまったく違うところに来て、どうしていいかわからなくて、不安で不安で仕方がなかったのだと思います。

わたしはそのとき、高校二年生の担当でした。力が飛び抜けて弱いわたしがくみちゃんの担当ということで、学校も施設のみなさんもすごく心配をしたと思います。

「かっこちゃんなんてひとたまりもないと思う。骨折したり、大怪我するかもしれない」とみんなが口々に言いました。でも、心配はそれほどいらなかったです。なぜって、わたしは本当に力がないので、くみちゃんを力で押さえ込むことなんて最初からできっこなくて、ただそばにいて、そっと手をにぎろうとするようなことしかできませんでした。

最初はそれもなかなか難しかったのです。くみちゃんはとても怯えていました。ちょっと触るだけでも、体をビクンと動かすのです。ああ、どんなにくみちゃんは不安だろう、怖いのだろうと思うと、わたしは涙がとまりませんでした。そんなくみちゃんが最初に手を触らせてくれたときのことをよく覚えています。

くみちゃんが手を伸ばしてわたしの顔を触ってくれたときに、わたしはくみちゃんがつらいだろうと思って、泣いていました。くみちゃんはわたしの涙を触って、触った指をなめたとき、わたしが泣いているとわかったのでしょう。わたしのほおを両手で挟んで、わたしと一緒に泣いてくれたのです。そして、わたしがそばにいることを許してくれました。手を触ることもやがて体を触ることも許してくれて、膝の中にすっぽりと入れるようにしてくれました。

一緒にお風呂にも入りました。何事に対しても不安の大きかったくみちゃんは、お風呂にもずっと入れていなかったので垢がたくさん出ましたが、黒かったお顔が真っ白になって、ほおはかわいいピンクになりました。生まれてからほとんど梳《と》かしたことのなかった髪も、くみちゃんは梳かさせてくれました。髪を切りそろえたおかっぱさんの髪型にすると、色が白いくみちゃんは本当に日本人形のようでした。

一緒に時間をすごすようになって、くみちゃんはなんてすごいのだろうと思うことが何度もありました。

たとえば、一度トイレで用を足すことに成功してわたしがとても喜んだのをわかってくれていて、わたしが朝、訪問授業のためにくみちゃんのお部屋へ行くと、わたしの手を引いてトイレに行きたいとうながしてくれて、一緒に行くようになりました。しばらくすると、用が足したくなったときに一人ででも手探りで行けるようになりました。手づかみで食べていた食事も何度かの格闘のあと、フォークやお箸で食べるのだということをわかってくれました。

　くみちゃんが今日はどんなことを覚えてくれるだろうかと、毎日がとても楽しみでした。

　いろいろなことを覚えてくれるくみちゃんと一緒にいて、ずっと頭から離れなかったことがあります。くみちゃんの中にはきっとあふれるような思いがある。それを引き出す方法を知らないだけなのだということです。わたしはどうしても、くみちゃんと思いを伝え合いたかったのです。でも、くみちゃんは目が見えないし、耳が聞こえない。そんなくみちゃんとどうしたら思いを伝え合えるのか。ずっとそのことで頭がいっぱいになっていました。まだ点字の方法も知らないわたしでした。

　そんなわたしが自分なりに考え出したのは、こんな方法でした。左手の親指のてっぺんがア行、親指と人差し指の谷間がカ行、人差し指のてっぺんがサ行というふうにしていくと、ワ行は小指のつけねで終わるのです。その偶然にとても驚き、喜びました。これで話ができるかもしれないと思ったからです。アイウエオと下に降りていく方法については、親指を握ればア段、人差し指ならイ段というふうにしました。

　わたしは毎日出かけるたびに自分の胸に手を当てて、「かつこ」だよ、そしてくみちゃんの胸に手を持っていって、「くみ」と伝えました。それから、机や椅子や食べるものの名前などを何度も綴りました。くみちゃんにわたしのしていることはなかなか伝わらなかったけれど、でも、その日は突然やってきました。

その日、くみちゃんはわたしを自分から抱きしめてくれました。そして、わたしがくみちゃんのところに座ったとたんに、くみちゃんが、わたしがいつもしているようにして「かつこ」と綴ってくれました。そのあと自分の胸を指して、自分の名前を綴りました。最初は、わたしが毎日そうするからくみちゃんがそうしたのだろうか、している意味がわかっているわけではないのだろうかと思ったけれど、そうではありませんでした。

くみちゃんは「わかった」のです。「気がついた」のです。わたしが綴っていたのは、そのものを指すことばなのだと。くみちゃんはそのとき、全部がわかったのだと思います。パンを食べるというような動詞と目的語のくっついたことばも、くみちゃんは理解していました。わたしはずっと泣きながらその日、くみちゃんといたことを覚えています。

わたしには不思議でならないことがありました。くみちゃんは、「かわいい」とか「大好き」とか「やさしい」とか、具体的に伝えられないようなことを理解していると思いました。なぜならば、くみちゃんはわたしを触って「かつこ」と言うだけでなくて「大好き」と綴ってくれたのです。

一瞬、くみちゃんが間違えたのかなと思いました。でもそうではありませんでした。お気に入りのタオルも「大好き」だと言いました。わたしが作って持っていったお人形もお母さんのプレゼントのお人形も「にんぎょう」そして「大好き」と言いました。ああ、くみちゃんにはこの世界の何もかもがきっとわかっているんだと、なぜかわたしにはしっかりと感じられたのです。

くみちゃんはわたしと一緒にいるときに、何度も「うれしい、うれしい、うれしい」と言ってくれて、そのこともわたしには心の底からうれしかったのです。

いったいどうやって、くみちゃんはこれまで見ることも聞くこともできなかったのに、「かわいい」「大好き」「やさしい」「うれしい」を学んだのでしょう。不思議でならなくて、ずっと考えていました。そしてわたしが出した結論は、「くみちゃんは始めから知っていた。生まれたときから知っていた」ということでした。

ある晴れた春の日。桜の花びらが光の中をはらはらと散っていた日。今日はお母さんが面会に来るのです。わたしはくみちゃんと手をつないで外に出てお母さんを待つことにしました。

お母さんがいらっしゃるからかわいくしようねと、外に咲いていたお花を髪にかざりました。手をつないで待っていたら、坂の下からお母さんがやってくるのが見えました。

お母さんはわたしと手をつないでいるのがくみちゃんだとわからないようで、わたしににっこり挨拶をされました。くみちゃんとお母さんはこんなにもそっくりで、くみちゃんほど大きいお子さんはそんなにはおられないから、わかりそうだけどなあって思ったりもしました。でも、くみちゃんの様子はそれほど違っていたのだと思います。

突然、お母さんは両手にいっぱい持っていたくみちゃんへのお土産の荷物を下に落として、立ちすくんでしまいました。

「髪を触らせることもなかったのに、髪を梳かして、花をつけて、手をつないで、笑っているのがわたしの娘!?」
お母さんは涙を流していました。くみちゃんにお母さんが泣いていると言うと、くみちゃんはお母さんの顔を撫でて、わたしにハンカチをちょうだいと言いました。わたしが渡すと、くみちゃんはお母さんの涙を拭いてあげていました。
くみちゃんのお母さんはお話の方法を知って、

わたしも覚えたいと言いました。そしてすぐに思いを伝え合えるようになりました。その次にお母さんが来たとき、お母さんは「家に連れて帰りたい」と言って、くみちゃんはおうちでまたお母さんとお父さんと暮らすことになりました。

ちいちゃんやくみちゃんたちと出会ったことで、わたしはどんなに重い障がいを持っておられるお子さんも、実はみんな知っていてわかっていると思うようになりました。けれど、長くそのことを信じてはもらえませんでした。重い障がいのお子さんを起こして揺らしたいと言うたびに反対されました。脳の損傷したところは回復しないのだという大きな常識があったので、仕方がなかったのです。それでカーテンを引いて隠れて揺らしたりすることになったのですが、やはり、みんな変化を見せてくれて、わたしは回復する方法があるのだという思いを強くしていったのです。

白雪姫プロジェクト

ちいちゃんやくみちゃんと会ってそれから二十年以上経ったころ、わたしの友人の宮田俊也さん（みんなからは「宮ぷー」と呼ばれています）が脳幹出血で倒れました。最初は三時間の命と言われました。もし生きることができても、一生植物状態で思いを伝えることもできないということでした。

けれど、宮ぷーは全部聞こえてわかっているんだという確信がわたしにあったことや、宮ぷーについていることのできるご家族がいらっしゃらなかったこともあって、わたしが毎日リハビリに通うことになりました。この本を書いている今は、倒れてから九年目になります。毎日リハビリを続けています。

宮ぷーは現在、レッツチャットという意思伝達装置を使って思いを伝え、メールをし、ブログを書き、そして発症後五年で退院して一人暮らしをするようになりました。

今なお多くの方が回復を諦めておられたり、方法を知らないというだけで何年も思いを伝えられずにいることに気がついて、湧き上がるように、どうしてもみなさんにお知らせしたい、そして応援もさせていただきたいと思って、意識障害の方の情報を伝える「白雪姫プロジェクト」を立ち上げました。

常識的には回復は難しいと思われている方もうれしいことに変化を見せ、その人らしさを取り戻していかれたり、職場復帰された方もおられます。

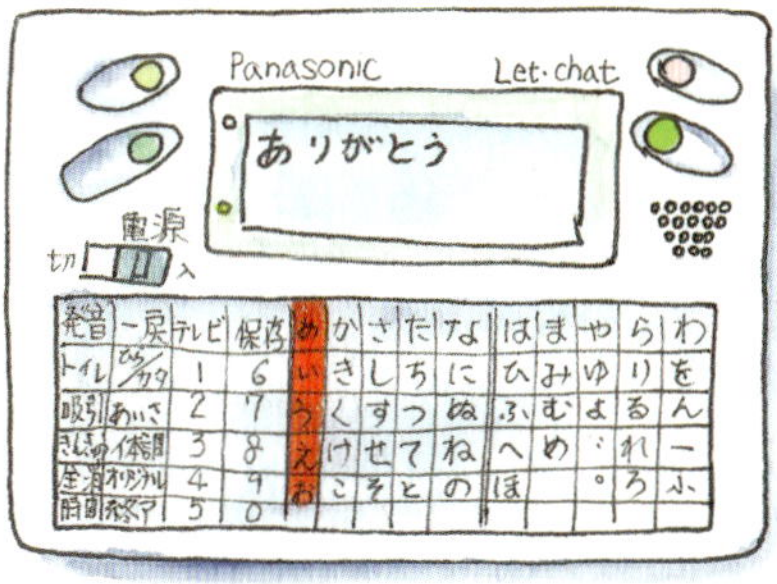

それでもまだまだ、「回復はできない」「深い思いはなくて、何もわからない」というようなことで諦めてしまわれている方もたくさんおられます。それは誰かが悪いとか、そういうことではなくて、これまでは重い意識障害の方を起こしたり揺らしたり、立たせるということをされてこなかったということなのだと思います。

今、白雪姫プロジェクトは意識障害の方だけでなくて、障がいがある人もない人も、病気の方もそうでない方も、日本にお住まいの方も海外の方も、みんなで幸せになることをめざして活動をしています。

出会いは宝物

一馬くんと出会ったのは、一馬くんが地域の小学校と中学校を卒業後、特別支援学校の高等部に入学した高校一年生のときでした。

そのころのわたしの日記には、毎日のように一馬くんが登場します。

一馬くんのクラスメートのちかちゃんは、月の半分ぐらいはすごく元気ですが、あとの半分は、なんだか元気がなくてだるそうなのです。

元気なときのちかちゃんは、ニコニコ笑っていて、きれいな声で歌ったり、素敵なダンスも見せてくれます。一馬くんは「ちか、元気やなあ。俺、そんなちか見てると、元気出てくるわ」と言います。

元気のないときのちかちゃんは、机に顔を伏して少しも動かず、笑うこともなくなってしまいます。そんなときに、一馬くんは「体、ひどいんか。無理するなや」とちかちゃんに声をかけてくれます。ちかちゃんは顔を上げて、にっこり笑ってくれるのです。

一馬くんの忘れられない言葉があります。「俺な、ちかを見てわかるんやけど、気持ちって、その人のもんやけど、その人の自由にはならんもんやな。なんか楽しくなったり、なんか悲しくなったり、なんかうれしくなったり、つらくなったり、かっとしたりするやろう。それって、自分ではどうしようもできんのや。自分で好き勝手に気持ちって変えられん。それは、そういうふうにできとるちゅうか、そうなっとるんやって。な。それは他の人がどうこう文句の言えることじゃない。俺だってそうやもん。みんな受けとめて、そしてみんな一生懸命なんや、な」

わたしは胸がいっぱいになりました。本当に気持ちは自分のものだけれど、自分の思いどおりには少しもなりません。思いどおりにいかない自分とつきあいながら、みんな一生懸命生きている。そのことに気がつけて、お互い一緒にいられたら、誰もがもっともっとやさしくなれるんだと思いました。
そんな素敵なことを教えてくれるちかちゃんや一馬くんや、もっともっとたくさんの子どもたちと毎日いられるわたしって、なんて幸せなんでしょう。

冬休みの前に、一馬くんが「あと一週間で、かっこちゃんと毎日会えんくなるな。寂しいな。まあ、俺、ときどき電話してやるさかいな」とやさしいことばをかけてくれました。毎日一緒にいるのが当たり前のようになると、たった十日とか二週間とかでも、会えないのは寂しいですね。

自分にも言い聞かせるように「クリスマスとかお正月とか、楽しいこともいっぱいあるからあっという間だよ」とわたしが言うと、一馬くんは「仲良しっていうものは、寂しいときばっかりじゃなくて、うれしいことや楽しいときも、ああ、楽しいよなって、わかり合えるのがいいんやぞ。そしてやっぱり、腹立つときや悲しいときや苦しいときも、だいじょうぶやぞって言い合うのがいいやろ」

一馬くんはいつも素敵な、そして心のこもったことばを教えてくれるなあと思います。

そうそう、一馬くんはこんなことも言いました。「かっこちゃんは、どんなふうに生きていきたいと思っとるん？」

「そうやね。なかなか難しくてできないけれど、わたしは、謙虚に、誠実に生きている人にすごくあこがれるよ。そんなふうに生きていけたらなあって思うけど、できんの」

「でも、思っとるのはいいことやよ。思っとれば、気をつけるから。俺は穏やかに生きていきたいのに、ときどきイライラして物に当たったりする。でもそのときに穏やかな自分が好きと思うから、ごめんなさいって言えるようになったよ」

そうだあと思いました。思っていたら、そのことに気をつけようって何度も思えますもの。ありがとう一馬くん。

一馬くんは卒業してもときどき電話をかけてくれます。わたしは一馬くんが大好きで大好きでうれしくてならないのです。でも一馬くんが電話をくれるときは、ちょっぴり寂しかったり、誰かとけんかしちゃったり、悲しいことがあったりしたときが多いかもしれません。誰だってそうだよね。寂しくなったら、誰かに電話をかけたくなる。そうしてわたしに電話をしてくれることもうれしいのです。

このあいだは「かっこちゃん、俺、失恋したわ、玉砕や」と言っていました。

「玉砕って？」と聞くと、「当たってみごとに砕け散ったっちゅうことや」と教えてくれました。

一馬くんはうれしいときも電話をくれます。自動車やパソコンに詳しいのです。古いものもすごく詳しいから、「かっこちゃん、ヨタハチ（古い車の名前です）見たわ」と言います。「ツー気筒エンジンの音、しびれるわー」と言います。

ところで、わたしは脳幹出血で倒れた友人の宮ぷーのところに毎日リハビリに通っています。でも、立つリハビリなど一人ではできないことが多くて、「チーム宮ぷー」の仲間が毎週一度か二度来てくださっています。

一馬くんは今、チーム宮ぷーの一員です。お母さんのちかちゃんと一緒に宮ぷーの家に来てくれます。わたしが失敗したり、力がなくてできないことがあるときには、「もう、かっこちゃんしょうがないなあ。俺がおらんかったらどうしとったんや。俺がしてやるよ」と言って、支えてくれます。一馬くんは十年経った今も相変わらず、心底やさしいのです。

そして、一馬くんのお母さんのちかちゃんは、この本の挿絵を描いてくださっています。一馬くんが「おっかあ、自分のしたいことをするのはいいことや。後悔せんように、頑張れや」と応援してくれているのだそうです。

今、一馬くんはハーブ農園で働いています。難しい漢字を読んだり、ぱっと計算するのがにがてだったりする一馬くんですが、文字が読めなくても誰よりも車に詳しくて、交通ルールにもとても詳しくて、判断力もあります。一馬くんの夢は車の免許の試験に合格して、仕事にも役立てることです。わたしも一馬くんの夢がかなうことを応援したいなと思います。

一馬くんとは学校で出会って、そして、今もずっとお友だち。お母さんのちかちゃんともそうです。学校で出会った子どもたちやお母さん、お父さんとの出会いは宝物だなあと思います。

学校でキャンプ

新しい四人用のテントが家に届きました。テントは丸い形をしていて、端っこに縫ってある小さな袋に棒の端っこをいれていくと、だんだんテントが持ち上がってドーム型になります。「おー」と思わず声が出そうなくらいで、「なんて簡単ですてき」と魔法のように張れてしまうのです。ドーム型のこのテントはできあがると袋状になっていて、天井と床、玄関や窓までが、もうできあがっているというものでした。

わたしは、小さいときに母が「今日はテント村に行くよ」と言ってくれたときのワクワクしたことを思い出しました。

そうだ、学校に持っていって「今日はキャンプに行くよ」って言ってみようと思いました。テントのほかにも、まるで四角い板のカバンのようだけれど、その中にはテーブルも椅子も一体になっていて、あけてパタパタって倒すとテーブルと椅子がついているコーナーができちゃうというやっぱり魔法みたいなものも持っていきました。

朝の会のとき、教室にテントが入った袋とテーブルになるものと、それからキャンプのためのお皿とかコーヒーセットとか、いろんなものをキャスターに載せていくと、えびちゃんやまるちゃんやたかちゃんは「かっこちゃん、何を持ってきたの?」とキラキラした顔をしました。

「今日ね、三時間目と四時間目にね。キャンプしよう」

三人が目を丸くして、いったいどういうこと?　という感じなのがすごくうれしかったです。三人ともキャンプということばは知っていても、まだ一度もキャンプはしたことがないということでした。

えびちゃんはすごくうれしかったのだと思います。月曜日の一時間目は全校集会だったのだけれど、校長先生に「今日はキャンプ！」と話したようでした。

子どもたちも待ち遠しかったと思うのだけれど、わたしもすごく待ち遠しかったのです。

二時間目の授業が終わって教室に行くと、三人が口々に「どこでキャンプするの？」

「そんな短い時間で、キャンプとか無理だよ」と言いました。

「そうなの。時間がないの。キャンプはオールパーパスですするの」

「えー!?　オールパーパス？」

オールパーパスとは教室の前の広い場所で、四つの教室の前は廊下というよりちょっとした広場みたいになっていて、そこで作業をしたり、体操をしたりできるようになっていました。

「なーんだ。あそこ？」

「つまんない？　でもきっと楽しいよ」

三人はちょっとがっかりしたようでした。

「それでね、時間がないから、えびちゃんとまるちゃんでテント張ってくれる？　女の子組のわたしとたかちゃんはテーブルやコーヒーの準備するから」

たかちゃんは女の子で、二人に比べて少し障がいが重くて、一人で作ったりするのは難しかったのです。でも、わたしと二人の作業なら楽しんでくれるはずです。そして、えびちゃんとまるちゃんはとても頼もしい男の子です。

「僕たちだけでテントって張れるの？」

「説明書もついていたみたい。買ったばっかりだから、わかんないの」

「もう、かっこちゃんはしょうがないなあ。まる、やろう」

えびちゃんはさっそくテントのバッグを開いて、説明書を見て部品を出して、「まる。そこ持っとってくれ」というふうに組み立て始めました。

オールパーパスの柱の陰に誰かいるのが見えました。それは校長先生でした。わたしと目が合うと、校長先生はシーっというふうに口に人差し指を立てて、二人が少し苦労しながらも、「かっこちゃん、たかちゃん、待っとれや」「やっぱり、こういうのは男がせんとな」なんて言いながらテントを組み立てているのを楽しそうに見ておられました。

三本の骨組みができて、テントの袋に棒の先が入って持ち上がるときに二人が「おー」って言って、たかちゃんも「おー」って言って、こっそり隠れている校長先生のお顔も「おー」ってうれしそうに笑っておられるのを見て、わたしはものすごくうれしくて幸せな気持ちになりました。

たかちゃんとわたしも四苦八苦しながら（本当は簡単なはずなのですが、わたしときたら説明書というものがにがてで、あまりよくわかりません）、なんとかテーブルができあがりました。

子どもたちもわたしもうれしくて、テントの中に入って、持っていった寝袋を広げたり、ドアや窓の部分をちょっと広げてかっこよくしたりもしました。

そこで、ちょうど三時間目が終わるベルが鳴りました。

休み時間になって他のクラスの子どもたちも教室から出てきて、えびちゃんは「僕とまるで作ったんや」と、まるちゃんと一緒に誇らしそうでした。

えびちゃんは校長先生をみつけて、「僕らのテントに招待します。コーヒーもいれるからね」と言いました。まるちゃんも「いれるから飲んでね」と言いました。

やさしい校長先生の目に涙がたまっているのを見て、驚きました。先生は二人の頭をかわるがわる撫でて、「すげーなー。二人でテント組み立てちゃうんだもんなあ」と言いました。

四時間目はコーヒーをいれるのです。本当はちょっとどうしようと思いました。だって、キャンプみたいにテーブルの上で小さなストーブに火をつけてお湯を沸かすから。校長先生が「危ない。火はだめです」っておっしゃったら困るなあと思ったけれど、アルコールランプみたいなものだし、きっと大丈夫。

「さあ、火をつけるぞ」と言って、えびちゃんとまるちゃんが火をつけてくれました。そしてお湯が沸いたら今度はたかちゃんがキャンプ用のコーヒーポットでコーヒーをいれてくれました。

ちょうど小さなカップが五つあって、持っていったクッキーと一緒においしくコーヒーを飲みました。

校長先生はずっとうれしそうにしていてくださって、ほっとしました。

いつもはあまりおしゃべりしないまるちゃんが「キャンプやな」って

言いました。

えびちゃんも「キャンプやなあ。本当、かっこちゃん、キャンプや」って言いました。そして、「放課後に片づけるから、このままにしていい？」と、ちょっと心配そうに聞きました。

五時間目も六時間目も誰もオールパーパスは使わない予定だったので、そうしようということになりました。給食が終わって休み時間に来たら、テントの中には他のクラスの子どもたちもいーっぱいで満員御礼みたいになっていて、やっぱりキャンプは楽しいなあって思いました。

校長先生が帰りの会にまた来られて、「今日は楽しいキャンプにご招待いただいてあり

がとう」と言ってくださいました。

えびちゃんは、一年が終わる終業式の日に「今年一番楽しかったのは、キャンプをしてテントを自分で作ったことです」と話してくれて、わたしはいっそううれしくなりました。小さかったときに母がしてくれたように、どんなところであっても、楽しくて心に残ることはできるのだと思いました。

III

ニャン
ニャン

幸せってなんでしょう

宮沢賢治さんの『銀河鉄道の夜』（新潮文庫、一九八九年）で忘れられない部分があります。

お話の中でジョバンニはカムパネルラに「みんなの幸《さいわい》のためならば僕のからだなんか百ぺん灼《や》いてもかまわない」「ほんとうのさいわいは一体何だろう」と言うのです。何度も何度も「幸いとはなんだろう」と考えるのです。

このお話を知るもっと昔、メーテルリンクの『青い鳥』を読んでもらったわたしが何か考えごとにふけっていて、母が「どうしたの？」とたずねると、まだ小学校に上がる前の小さなわたしが「本当の幸せを知りたいの」と言ったので、みんなでびっくりして大笑いしたという話を聞きました。

特別支援学校で長く子どもたちや親御さんと一緒にいて、お父さんやお母さんから、お子さんが障がいを持っていると知ったときになかなか受けとめられず、なぜ自分にそのようなことが起きたのだろう、なんて不幸なんだと思ったというお話をよく聞きました。でも、どの方もたくさん悩んだあと子どもたちが大きくなるにつれ、「この子がいたから、本当の幸せに気がつけた」「この子がわたしたちの宝物と考えるようになったよ」と言われました。

ある日、「幸せ」についてインターネットで検索していたときに、ブータンの写真家関健作さんの『Happiness from Bhutan ブータン人にとっての幸せ』というユーチューブの動画を見て、涙がとまらなくなりました。「あなたにとって幸せは何ですか?」との問いに子どもたちが「わたしは両親が幸せなときが幸せです」「わたしの幸せは、お母さんが笑っているとき」「僕は、僕が幸せなときが幸せだけど、他の人が幸せなときがもっと幸せ」とまっすぐな目で、そして笑顔で答えていました。

わたしは胸がいっぱいになって、ブータンに行って、たくさんの人と会いたくなりました。

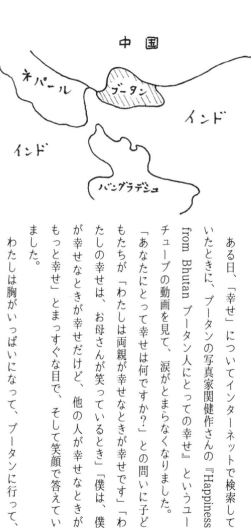

ある年の夏の終わりに、四十八人の仲間と関健作さんと一緒にブータンに行きました。ブータンに近づくと山々の間に一直線の滑走路が見えてきて、そこがパロの空港です。パロ国際空港は標高二、二〇〇メートル。お菓子の袋などが気圧の関係でパンパンにふくれるほどの場所にあります。高く険しい山のすそにも山々があり、その景色は美しく、田んぼの緑もまたとても美しく、わたしは一目でブータンが好きになりました。

でもその後、もっともっと、もっともっとブータンが好きになっていきました。

初日に出かけたのは、ブータンの小学校。みんなキラキラした目をしていて、カメラを向けると、にっこり笑ってくれます。思えばブータンにいるあいだじゅう、手を振れば大人も子どもも手を振り返してくれて、カメラを向けたらみんなにっこり笑ってくれました。

子どもたちは、男の子はゴ、女の子はキラという民族衣装を着ていました。ブータンの人はみんなこの衣装を着ています。

着物のような服で、服の中に紙に包んだ焼きそばを

入れて、それを着物の襟の中に手を入れて出して食べている女の子もいました。ブータンには学校の数がそれほど多くなくて、いくつも山を越えて川を渡ってくる子どもたちもいて、朝早くおうちを出て朝ごはんを食べながら来るからということでした。

いじめなんかしたら……

ブータンはまだまだ貧しい国です。国の財政の多くが観光と水力発電で賄われていて、医療費と教育費は無料です。それでも、働き手として家の仕事を手伝ったりするため、学校に通えない子どもたちもまだ多いということでした。

朝一番に小さな子も大きな子もみんな運動場に集まって、お祈りが始まりました。何を祈っているのとたずねると、「世界中の人が幸せでありますようにと祈っています」とのことでした。

旅の仲間が、教育目標が書いてあってびっくりしたと言いました。日本の学校にも教育

目標があります。「自立」「勤勉」とか「努力」とか、自分自身のことを目標にしたそういう文字が並ぶことが多いけれど、ブータンは「人の幸せを願える人を育てる」が教育目標なのだそうです。なんて素晴らしいのでしょう。

朝のお祈りが終わったあと、教室にも来てくださいと言ってくださって、みんなであちこちの教室を覗かせていただきました。先生が子どもたちとお話ししてくださいと言ってくれたので、子どもたちに質問をしました。

「夢はなんですか？」

最初の男の子は「お医者さんになりたい」と言いました。「どうして？」とたずねると、「お医者さんになって、病気や怪我で苦しんでいる人を幸せにしたい」と胸を張りました。次の女の子は「先生になりたい」と言いました。「どうして？」とたずねると、「先生になって、子どもたちを幸せにしたいです」とかわいらしい笑顔を見せてくれました。

わたしは、二人の子どもたちは素敵だなと思ったけれど、でも、その答えがなんだか小学生っぽくないのじゃないかと思ったのです。あこがれの職業につきたい理由が「かっこいいから」とか「いい洋服が着られるから」とか「お金持ちになれるから」というお子さんがいてもいいじゃないって思いました。

その次の男の子は「サッカーの選手になりたい」と言いました。そうだよ、そうだよね。サッカーの選手はかっこいいし、テレビにも映って、お金持ちにもなれるかもしれないものね。そうじゃなくちゃ子どもらしくないよなんて、わたしは思ってしまったのです。でも、その男の子は「サッカーを頑張って、みんなに夢を与えて幸せにしたいんです」と当然のように付け加えました。

わたしは、神社に出かけても、自分のことや家族のことばかり祈ってしまったりします。ブータンの人たちは、世界中の人の幸せを祈っているというのです。それはもうブータンの人たちの細胞にまで染みわたっているようにも感じました。

そんな子どもたちを見て、ブータンの学校にはいじめがあるのだろうかと思って、男の子に「いじめはありますか?」とたずねました。

男の子は不思議そうな顔をして「いじめってどんなこと?」と聞くのです。わたしは驚いて「一人だけをのけものにしたり、ものを隠したり、ひどいことをみんなで言うこと」

と説明すると、男の子はまた不思議そうな顔をして「日本人はどうして、なんのためにそんなことをするの?」と聞きました。「そんなことをしたら、自分のことが好きになれない。好きになれなかったら、誰のことも幸せにできない。自分も幸せに生きられない。どうしてそんなことをするの?」わたしはすごく驚きました。

そういえば、ブータンには泥棒がいないとガイドのリンチェンさんが言いました。「どうして?」とたずねると、「そんなことをしたら、自分が恥ずかしいでしょう。そしてそんな自分を誇れない」と言うのです。

日本でも「誰が見ていなくても、お天道さんが見ておられる」と言ったものです。男の子のことばにもリンチェンさんのことばにも涙が出ました。そして、いじめや泥棒があっても当たり前のように思っている自分が恥ずかしくなりました。わたしも自分を好きでいたい。自分を誇りに思いたい。自分に恥じないことをしていきたいと思いました。

みんなに素敵なところがある

いじめのことで、わたしには思い出すことがあります。それは安井くんという男の子と一緒にいたときのことです。

安井くんは地域の学校で小学校をすごして、中学部になって特別支援学校に転校されてきたお子さんです。いつも誰に対してもやさしい、素敵なお子さんでした。

あるとき、わたしが安井くん、本当にすごいなあって言ったら、安井くんが「そんなことないよ。僕、ずっといじめられていたよ。僕、勉強できなかったからね」と言ったのです。

わたしはびっくりしました。安井くんはこんなにやさしくて、頼もしくて、こんなに作業も上手です。わたしはいつも助けてもらってばかりでした。それなのに、いったいどうしていじめられなくてはならなかったのでしょう。

不思議そうな顔をしているわたしに、安井くんは「テストの点がよくないといじめられるんだよ」と言いました。そしてポツリと「しかたがないんだよ」とまるで独り言のように言いました。

安井くんはいじめられていたときのことを思い出したのでしょうか。とても悲しそうでした。

思い出したことがあります。特別支援学校の教員として採用になる前に小学校の講師として働いていたときのことです。

わたしはそのころ、病気のために休まれている先生が出されていた宿題のことを子どもたちに教えてもらって、毎日その宿題をしてもらっていました。

漢字ドリル、計算ドリル、そして日記の三つです。

子どもたちは前日にしたドリルと日記帳の枚数のシールを先生からもらって、後ろに張り出されている紙に自分で貼っていくというしくみでした。

後ろのシールの枚数がどんどん増えていく子、なかなか伸びない子は一目でわかり、参観日にはお母さんたちにも誰がたくさん宿題をしてきているかがよくわかったと思います。

わたしは休んでおられる先生がなさっていたことを引き継いだとはいえ、そのことにはなんの疑問も持ってはいませんでした。

けれど、今ならわかります。たくさんドリルをしたり、日記を書いた子だけが頑張っていたわけではないのです。計算がにがてだったり、字を書くことが嫌いという子どもたちは、それでも、先生がほめてくれるかな、喜んでくれるかなと思って、なんとか一枚仕上げてくれていたのかもしれません。それなのに、わたしは、たくさん宿題をしてきた子どもたちにシールを渡すとき、「頑張ったね、すごいね」と言いました。すごく頑張ってようやく一枚仕上げていた子どもたちはどんな思いでいたでしょうか。

もちろん、ドリルや日記をたくさんしてくれた子どもたちをほめたり、すごいねえと言うことは悪いことではないと思うのです。けれど、張り出されたシール表や、ドリルや日記をたくさんしたお子さんだけをほめることは、間違っていたような気がします。それが、子どもたちに「たくさんできる人は素晴らしいし、そうでない人はダメなんだ」というような間違った価値観を植えつけてしまっていたかもしれないと思うからです。

もちろん、ドリルや日記がたくさんできることも素敵なのです。でも、それだけではないはず。大きな声でおはようと挨拶をしてくれた子、髪をきれいに梳かしてきた子、消しゴムを隣の人に貸してあげた子、国の名前や花の名前をたくさん知っている子、みんなみんな素敵なところをいっぱい持っているのに、どうして、わたしはそこに目を向けることができなかったのだろうと今、思います。

ブータンでうれしかったことのひとつは、子どもたちがお互いを紹介するときに、「この子は家を作るのが上手なんだよ」「この子は投げやりが一番なんだよ」「きれいな畑はあの子が作ったんだよ」と教えてくれたことです。ブータンではみんなの素敵なところを誰もが知っているのだと聞きました。

目の前の人の素敵なところを知って、敬えるということは、すごく大切なことだなあと思います。ブータンにいじめがない理由はそんなところにもあるのかもしれません。

世界中の人々の幸せを祈る

ブータンの旅のあいだ、関健作さんが夜、ホテルで講演をしてくださいました。

関さんがブータンで体育の先生として働いていたある日の朝早く、家に女の子が来たのです。女の子は「今日はわたしの誕生日よ」と言いました。

何かプレゼントが欲しくて来たのかなと思ったのに、女の子が飴を差し出して、これをもらってと言ったそうです。「どうして？」と聞くと、「今日はわたしの誕生日だから、みんなにお礼を言いたいから」と女の子は答えました。関さんはお誕生日にはプレゼントをもらうものと思い込んでいたから、本当にびっくりして感動したと言われていました。そして、幸せについての話もしてくださいました。

ＧＤＰ（国内総生産）は、日本は三位です（二〇一六年現在）。でも、日本人はみんな自分の今について幸せとは感じていないかもしれません。ブータンの第四代ワンチュク国王は、ブータンにとってはＧＤＰよりもＧＮＨ（国民総幸福量）のほうが重要だと言われたそうです。関さんは、「幸せ＝〇〇／〇〇という方程式が成り立つ。みなさんは〇〇に何をいれますか？」と質問しました。

関さんは「分子は財産です。分母はなんでしょう」と、今度はヒントを出してくれました。そして、財産というものは限られている。それでも幸せになる方法があるよと教えてくださいました。

答えは「財産／欲望だとブータンの人は考えている」ということでした。それは足るを知るという考えだと。財産は限られているけれど、欲望を小さくすれば、幸せは大きくなるということ。いい車が欲しい、おいしい食事が欲しい、欲しい欲しいと言っていたら、どれだけお金があっても足らないけれど、僕たちはたくさんのものを持っている。仕事がある、今日食べるものもある。そう思ったら、いつだって、幸せだと言うのです。

お祈りのお話もしてくださいました。みんな、やはり世界中の方の幸せを思って祈っているのだと。

そういえば、ガイドのリンチェンさんも毎日仏間で祈るのだと話してくれました。どんな小さな家にも祭壇はあるのだそうです。そしてブータンの人たちは一番目に世界中の今日亡くなった方のために祈り、二番目は生きている世界のみんなの幸せを祈るそうです。三番目は自分の国のこと、自分の民のことを祈ると言われていました。

「その次は？」と聞くと、「それでおしまい」とリンチェンさんが言ったので、わたしが「自分のことは祈らないのですか？」とたずねたら「自分はみんなが幸せだったらそれで幸せだから」と言うのです。

関さんのお話のように、ブータンの人は欲望の気持ちが大きくならないようにと考えているとも言っていました。たくさん物を持っていたいとか、おいしいものを食べたいとか、そういう中には幸せはなくて、幸せは自分の中から出てくるものだと。自分の家族の笑顔とか、自分が仕事ができているということ……これ以上のことで幸せはないよと話してくれました。

もし欲望の気持ちが大きくなりそうになったら、僕はいつも「自分はいつか死ぬんだ」

ということを朝夕に考えると言いました。いつか死ぬということは、たくさん物を持っていても持っていくことができないし、おいしいものをいっぱい食べたというようなことがあっても一瞬のことだし、いつか死ぬんだからと考えると、欲望は抑えられる。それより、世界のみんなが幸せなのがいいでしょう？　その気持ちは死んだときも持っていけるのです。そうリンチェンさんは言いました。

リンチェンさんが「あなたは何が幸せですか？」と聞きました。

わたしはそのとき歯がちょっと痛かったのです。歯が痛いと、歯が痛くないときは幸せだったなと思いました。よく眠れたし、おいしいものも食べられたからと。そして、何かをなくしたり、何かが起きたときに、そんなことのなかった前は幸せだったなと思うけれど、そうすると、本当はいつだって、幸せなんだなと思いました。わたしたちはいつであっても何か大きな力に守られているようだとも思いました。

そこで、わたしが答えたのは、誰もが本当は幸せ、いつもどんなときも誰でも本当は幸せなんだと思っているということでしたが、リンチェンさんの聞きたかったことに対して、わたしの答えが見当違いでなかったらいいなあと思いました。

校長先生が作った学校で

その次の日は障がいのあるお子さんの学校に行きました。

バスが着いたとたんに小さな男の子がかけ寄ってきて、わたしの手をぎゅっとにぎって、会ったとたんなのに抱きついてくれて、手をひいて、お友だちのことを指さして、おじぎを何度もしてくれました。みんなのことを紹介してくれていたのだと思いました。それから、高校生の男の子のところに連れていってくれました。

男の子はどうやら目が見えなくて、歩くことができないようでした。小さな男の子はわたしの手を高校生の男の子の手に重ねてくれました。すると、高校生の男の子がわたしの顔を両手でやさしく包んでくれました。大きな暖かなやさしい手でした。わたしは急に涙がぽっかりと浮かんできて、会ったばかりなのに、大好きと思いました。わたしは小さな男の子も高校生の男の子も大好きになりました。

小さな女の子が耳元で歌をうたってくれました。うれしくなって、手をひらひらさせて踊ったら、その女の子も踊って、ほっぺにキスをしてくれました。そのとたん、また涙がぼろぼろこぼれました。なんてかわいい子どもたち。なんてやさしい子どもたち。

学校にはショールームがありました。ショールームは小さなお部屋だったけれど、バッグやキラやゴを着た人形、そして仏画、絵を描いた石が売られていました。子どもたちが描いたり作ったりしたもので、素晴らしい出来あがりの作品でした。みんなが「ここでお買い物をしたらいいよね」と言って、いっぱい買ってくれました。

旅の仲間が声をかけてくださって、寄付を集めたものをわたしに手渡してくださいました。関さんも「かっこちゃん、寄付を集められていたみたいで、僕のもお願いします」とくださいました。それを校長先生にお渡しすると、校長先生がお話をしてくださいました。

先生は、「貧しい家に障がいを持った子どもたちが生まれると、親は仕事をしなくてはならないし、子どもたちがどこかに行ってしまわないように柱にくくりつけたり、閉じ込めたりしなくてはならない。それを見て、とてもつらくなった。学校を作らなくてはならない、そうしたいと思って、私財を全部なげうって、この学校を作ったのだ」とおっしゃいました。「そうしない自分は好きにはなれないのよ」と言いました。子どもたちもリンチェンさんも「そうでないと自分を好きになれない」と言ったけれど、校長先生もまた同じことばを使いました。

ブータンでは、教育のお金は公立学校では無料だけれど、でも義務教育ではないと聞いていたのです。働いている子どもたちもいるということでした。それでは、障がいのある子どもたちはどうしているのだろうと思っていたのです。

わたしが長く特別支援学校に勤めて子どもたちとすごしていたと言うと、校長先生はとても柔らかいお顔をされました。そして、わたしに「障がいを持っているお子さんをどう思いますか？」とおっしゃいました。

「子どもたちは天使だと心から思う。とても必要な存在だと思えてなりません」と言うと、校長先生が急に涙ぐんで「まったくそのとおり、わたしたちは彼らをリトル仏陀と呼んでいます」とおっしゃいました。


ブータンには輪廻という考え方があって、これはブータンの人の考えの大きな根幹を作っています。生前に悪いことをすると、生まれ変わったときに良い生まれ変わりができないのだという考えです。だからこそ泥棒も自殺も少なくて、リンチェンさんも「泥棒はいません」と、はっきりとおっしゃっていました。一方、前の人生で悪い行いをすると次の人生では病気や障がいを持って生まれるという考えもあるのだそうで、それでいっそう子どもたちは隠されたり、あるいは社会にまだまだ受け入れられていない現状があるのかもしれません。わたしが教員になったばかりのころの日本もまったく同じ状態だったとわたしは思います。

そんな中を校長先生が、学校を作って、みんなが仕事につけるようにしていこうとされているのは並大抵なことではないのだと思いました。

校長先生が最初はちょっと怖そうにも見えたのは、いろいろな社会的な背景もあって強くないといけないところがあるのかもしれません。でもそんな校長先生の涙をこぼされたお顔はとてもやさしくて、そして、やさしいからこそ強い方なのだとも感じました。

エレベーターがなくても

ブータンはもともと高度が高いところにあります。ですから、四階建てのホテルで階段を上って四階のお部屋に行くと、息が切れます。

リンチェンさんに「このホテルにはエレベーターがないのですか?」と聞くと、「ないです」と言います。「明日のホテルにはありますか?」「明日もないです。明後日もないです」リンチェンさんがこともなげに言いました。

「ブータンにはもしかしたら、エレベーターがないのですか？」とたずねると、「あります。国に二つあります」とのこと。え!?　たった二つ。とても驚きました。

「それでは、お年寄りの方や障がいを持っている方は不便だし困りますね」とわたしが言うと、リンチェンさんが「どうしてですか？　自分で上がれない人がいれば、みんなで一緒に二階や三階に上げてあげればいいじゃないですか？」と言うのです。

わたしははっとしました。困っている人がいたら、みんなで当たり前のように助け合って生きていく。そんな考えをすっかり忘れていたようでした。

お経を書いた旗

旅のあいだ、五色のものや真っ白いものなど、たくさんの旗を見ました。旅の最後に登った標高三、九八八メートルのチェレラ峠にも、白い旗「ダルシン」と五色の旗「ルンタ」がたくさんたくさん立てられていました。風に揺れるダルシンやルンタを見ていて、わたしはガイドのリンチェンさんが教えてくださったことを思い出していました。

これらの旗には、お経が書かれてあります。風は旗のお経を読むそうです。それは祈りと同じだとブータンでは考えられているのです。ダルシンもルンタも風にはためいていました。風に乗って世界中に祈りが届くのだと、ブータンの方は信じておられるのです。

チェレラ峠には一万本とも二万本とも言われるダルシンやルンタがあるそうです。風に揺れるダルシンやルンタを見ていると、まるで光が風に乗って、世界へひろがっていっているような錯覚を覚えました。九州ほどの大きさのブータンから、たくさんの祈りが世界中に毎日、毎時間届いているということを、わたしは忘れたくないと思いました。

五色の色にはそれぞれ意味があります。青色は空、白は風、赤は火、緑は水や森、黄色は大地だそうで、これは五つの要素フィフスエレメントで、すべてを作り出すものを表しているとのことでした。

霧に囲まれた山道は天国に続く道のように感じられました。何もかもが美しいと思いました。

不思議な記憶

わたしには不思議な記憶があります。今となっては夢だったのか、それとも実際の記憶なのかはわからないのです。けれどそれは、わたしの体の深いところにしっかりとあって、体の感覚も思い出せる、本当に奇妙な記憶です。

その記憶というのは、わたしが二つに分かれたがっているという感覚なのです。わたしは分かれたがって、そして分かれていく……そのときの感覚は、今もありありと思い出せます。たとえ二つに分かれても、四つに分かれても、大丈夫な

のだとわたしは知っていて、分かれたものはそれぞれが光を持ち、それぞれの中心のところで輝いています。

どんなに分かれてもわたしはバラバラにならず、みんなひとつで大丈夫だということをわたしはそのときに知っていて、幸せでした。

それが、わたしの一番古い記憶です。まだことばで表現できないころから、わたしの中にずっとその記憶があったように思います。

子どもたちは小さいとき、いろいろな方法で眠りにつきます。指を吸って眠るお子さん、毛布のタグを触り続けるお子さん、お母さんの耳たぶを触り続けて眠るお子さんといろいろですが、わたしは海の寄せては返す波や、降り続ける雪のことを考えました。そして、そのあと、かならずその古い記憶に包まれました。

細胞ひとつひとつがその記憶を覚えているように、ことばで言えない不思議な感覚に包まれて眠ることができたのです。

そしてそのときに、かならず、景色の中に、銀河の雫のような、キラキラとした雪が舞う感じがしました。

でも、わたしはこの記憶について長く他の人に言うことはできませんでした。なぜって、ずっと「変な子だね」と言われてきたわたしは、そんな記憶を持つことが「変」なのじゃないだろうかと思ったのです。

学校に上がって、めだかも、そしてわたしたちも、最初はたったひとつの受精卵だったことを習いました。わたしはすごくワクワクして、こっそりですが、もしかしたら、そのときの記憶だったのだろうかなんて思いました。

でも、もちろんそんなことは誰にも言いませんでした。だって、三歳とか四歳とかもっとあとのことが自分の最初の記憶だという方が多いのに、受精卵のときの記憶があるなんていうのは、やっぱり突拍子もないことのように思ったからでした。

そのあと、すべての生物はＡとＴとＧとＣの四つの遺伝暗号でできていることを習いました。そしてそれは、最初はたったひとつだった。それが分かれて今になっているのだと習ったのです。わたしはそのときまた、わたしが持っている記憶は生物の始まりのときの記憶だろうかなんて、変てこなことを考えました。

そして今度は、宇宙はたった一点から始まっていることを習って、そのときの記憶なのだろうかとワクワクしたのです。でも、それを誰かにお話しするということは決してありませんでした。

ギータちゃんと出会う

ところが、ネパールへ行ったとき、出会ったギータちゃんがこともなげに「わたしたちは、始まりはひとつですから」「みんなつながっていますから」と言うのです。そこで、わたしはこれまで決して誰にも言わなかったわたしの記憶について話しました。ギータちゃんは驚いたことに、「ネパールにはその記憶を持っている人はたくさんいます」と言いました。

そして、こんなふうに言いました。

「ネパールには、ものすごくたくさんの数の神様がいます。猿も神様、犬も神様、花も神様。そして、空も、水も、空気も神様。それから椅子だって、カメラだって、なんでも神様。お互いに、全部が互いに助け合うように、一番いいようにできています」

「ギータちゃん、ミミズもダンゴムシも神様なの?」

「もちろんです。なぜなら、始まりは神様です。それが分かれて全部ができている。だから、みんな神様。あなたもえらい。わたしもえらい。みんなえらい。それはそういう理由です」

わたしはギータちゃんのことばを聞いて、涙が出そうになりました。小さかったときに、象とキリンとライオンとミミズとダンゴムシは同じようにえらいんだと気づいて「わかった！」と思ったときの感動がよみがえってきました。ああやっぱり、誰もが平らかで、みんな大切な存在なんだと思ったのです。

ギータちゃんは大切なことをいっぱい教えてくれました。

「目の前の犬は自分。目の前の人も自分。犬がお腹を空かせていたら、それは自分がお腹を空かせているのと同じこと。だから、ネパールの人たちは、みんな困った人や困った動物をほうっておきません」

「かっこちゃん、体のどこかが痛いとき、手で痛いところをもっと叩いたりして痛めないでしょう？　手で痛くないようにさするでしょう？　目の前の人は自分です。誰かが悲しそうだったら、手が他のところを大切にするように、目の前の人を大事に思う。みんなひとつだから、誰のことも本当は大切にできるのです」

始まりはひとつ。目の前の人も動物も物も自分。だから、思いも伝えようとしたらきっと伝え合えるし、目の前の人が悲し

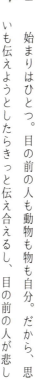

かったら自分も悲しくなる。それは、自分の心の中に、ストンと落ちることでした。

そしてもうひとつ思ったのは、わたしが持っている二つに分かれる記憶は、もしかしたらだけれど、忘れているだけで、みんなが持っている記憶なのだろうかということでした。

祈るということ

ネパールでは毎朝毎晩、人々が祈りのために集まってきます。祈りの方法は様々です。仏塔を一〇八回歩き続ける人たち、マニ車を回しながら歩いている人たち、体を地面に投げ出すようにして起き上がる五体投地を一〇八回繰り返している人、お経を唱え続ける人……もっともっといろいろな方法で祈り続けています。

ギータちゃんは言いました。

「宗教は乗り物です。目的地に行くときに、バスに乗ってもいいし、飛行機でもいいし、船でも歩いてでもいい。本当のことにたどり着くために、わたしたちは一生懸命祈る。宗教は方法、乗り物です。どの乗り物がいいということはない。本当のことにたどり着くためのただの方法ですから。ですから、ネパールにはこれまで宗教戦争はありませんでした。生き方も同じ。大切なことにたどり着こうと思って、みんな一生懸命生きている」

そして、ギータちゃんはこうも言いました。

「あなたもすてき。わたしもすてき。どうして争うの。お互いを受けとめたらいいのです」

ネパールでは、みんな神様だということや誰もが大切だということを、昔は一〇〇%の人が知っていたそうです。今でも、少なくとも八〇%の人は知っているそうです。わたしはネパールに夢中になりました。そしてギータちゃんはわたしの大切な家族のような存在となりました。

巨大地震。再びネパールへ

二〇一五年四月、ネパールを巨大地震が襲いました。

マグニチュード七・八。煉瓦を積み上げただけの建物は次々と崩れ、八、〇〇〇人以上の人々が亡くなり、八〇〇万人以上が被災しました。

ギータちゃんはどうしているだろう。生きていてほしい。無事でいてほしい。ただただ心配でなりませんでした。ほどなくメールが来て、ギータちゃんもご家族も元気だとわかりましたが、家は地震で崩れ、テントは雨漏りがして、寝袋も布団も腐ってネズミが食べたり、多くの人がカビによって病気にかかっていると知りました。

わたしは無性にネパールに行きたかったのです。ネパールに行って、ただ抱き合いたかったのです。

わたしたちがネパールに出かけたのは地震から九カ月経ったころでした。まだまだ崩れたままになっている家が多く、ネパールの人たちが心のよりどころにしていた仏塔や寺院までが崩れたり、つっかえ棒で支えてあったりしました。

瓦礫が積んであって半分崩れかけている家の脇には洗濯物が干されていて、中で人々が生活をしていることを教えてくれていました。

そんな大変な中で出会った人々は、みんなとてもやさしくしてくれました。

ネパールではバターランプに灯をともしてお祈りをします。バターランプを作っているおじいさんに会いました。

なんでもやりたがりのわたしがむくむく顔を出して、じっと見ていると、おじいさんは「やってみたいのか?」とたずねました。ネパール語がわかるわけではありません。おじいさんだって日本語がわかるわけでもありません。でも、おじいさんは確かにそう聞いてくれたし、わたしの気持ちもわかってくれているようでした。

「したいの」と言うとおじいさんは、そうかそうかと道具を貸してくれました。今度は若い方がバターをバケツから削り出す道具をニコニコして渡してくれて、「これもしたいか？」と聞きました。「したいしたい」と言うと、そうかとまたニコニコ笑ってくれました。

ことばがわからないと通じ合えないと思ってしまいそうになるけれど、本当はそうではないですね。ことばを話していない子どもたちともわかり合えていたと思います。そして、犬や猫や他の動物も、わたしのことばをわかってくれていると思います。違う国の人ともきっと心からわかり合いたいと思ったら、通じ合えるのかもしれません。

別れ際、おじいさんにありがとうと握手をしたかったのです。おじいさんは「僕の手は油でギトギトだから、あなたの手が汚れるよ」とネパール語で言いました。わたしは「そんなことぜんぜん平気。おじいさんうれしかったの、ありがとう」と日本語で言いました。

わたしがギータちゃんに、わたしたちは死ぬとどこへ行くのか知りたいと聞いたら、「パシュパティナートへ行くといい」と言いました。「親戚でも友だちでもないわたしが行ってもいいの？」とたずねると、「みんなひとつです。亡くなった方もかっこちゃんの一部。

かっこちゃんが行って見送ると喜ぶでしょう。ネパールではみんなで見送ります」と言ってくれました。

ネパールにはお墓がありません。ネパールの首都カトマンズに住んでいる人たちは亡くなると、バグマティ川のパシュパティナートという場所で、遺体は布を巻かれ薪の上で火葬されます。そして、残った灰は川へ流されます。自然から生まれたわたしたちはまた自然へ還り、そして命は巡るのです。

遺体がオレンジ色の布に包まれて運ばれてきました。ギータちゃんが言ったとおり、たくさんの人が集まっていました。みんなで自然に還るのを見送っているのだろうと思いました。集まったおおぜいの人は、亡くなられた方に、順番に聖なるバグマティの水をかけていました。

抱きかかえられながら、はげしく泣いている女の人がいました。たぶん亡くなった方の奥さんだと思います。奥さんは何度も遺体の周りを回って、祈っていました。そのあと、火がつけられました。

白い煙が昇り、炎が上がりました。肉の燃える匂いがしました。布から両方の手がだらりと垂れて、指が見えました。ネパールでは、多くの人の目の前で、亡くなった人が、燃えて、煙になって、灰になっていくのが見えます。でも、日本ではそうではありません。

わたしは父が亡くなったときのことを思い出しました。父は火葬場で、わたしたちの見えない場所で燃やされました。そして扉が開けられたときには、もう骨になっていました。けれど、わたしたちも同じようにして、肉が燃え、崩れて、灰や煙となりながら、体がなくなっていくのだと思いました。

残った白い灰は、ほうきで掃いて川に流されていきました。今は王制ではなくなったけれど、少し上のほうに王様の葬儀場があるそうで、王様の灰も同じ川を流れていくのです。ギータちゃんのことばを思い出しました。「人は自然から生まれ、自然に還る。自然に還らなければなりません。そして、わたしたちは何度でも生まれ変わって、出会えるのです」

わたしはお葬式が行われているところの反対側の岸に座っていました。二人のおばあちゃんが隣に座っていて、わたしと目が合いました。

おばあちゃんは手振りと身振りで、「まだこんなに小さい子が亡くなったんだよ」と言いました。おばあちゃんたちの大切な知り合いなのかもしれません。昨日まで手が触れて抱きしめることができた大切な人が亡くなって、抱きしめ合えないのは、やっぱり悲しく寂しいことです。おばあちゃんも悲しいだろうかと思うと、わたしもなんだか悲しくて涙がこぼれました。

その涙を見たとたん、おばあちゃんがわたしの背中をやさしく抱きかかえてくれました。おばあちゃんの体が温かで、わたしは胸がいっぱいになって、また泣けました。

そして、わたしは思い出したことがあったのです。

あなたの悲しみはわたしの悲しみ

特別支援学校にいたある日のことでした。いつもながらうっかりもののわたしは授業中、足の小指をどこかにひっかけたらしくてつまずいて転んでしまいました。

もしもそのとき一人でいたら、うずくまって泣き出すか、あるいはすぐにひっくり返って泣きたくなるほど痛かったのです。あとで病院に行ったら骨が折れていました。子どもたちがみんなで「かっこちゃんだいじょうぶ?」「起き上がれる?」と心配してくれていて、でもなんとか一人で起き上がって、「だいじょうぶ」「転ぶの慣れているからだいじょうぶ」と言いました。

ダウン症の千夏ちゃんが、何度もわたしの足を「あーあー」と指さしました。「だいじょうぶ?」と心配してくれたのです。千夏ちゃんは話しことばを持っていなかったけれど、いつもあふれるような気持ちを動作や声で表現してくれているお子さんでした。

子どもたちが体育のために体育館へ行くのを見送ったあと、わたしは足があまりに痛くて、泣きたくなりました。教室の隅には畳が二畳敷かれていて、カーテンに囲まれている着替え用の場所がありました。そこに上がって、カーテンを引いて、タオルケットをかぶって「痛いよー」と声をあげて泣きました。もうどうして、いつもこうなるんだろうと悲しくもあったのです。

ずいぶん泣いて、そろそろ子どもたちが帰ってくるからと、座ったままカーテンを開けたとき、そこに、目に涙をいっぱいためた千夏ちゃんが立っていたのです。千夏ちゃんは、わたしのことが心配ですぐに戻ってきて、わたしが泣いている声を聞いていたのでしょうか。

千夏ちゃんは座っているわたしの頭を抱いて、「痛いよね、痛いよね」と何度もわたしの頭を撫でてくれました。

わたしはそのとき、わたしが保育園に通っていたころ、お友だちの怪我を見て泣いていたことを思い出しました。

本当は、誰もが、痛い人を見ると痛くなる。あなたがつらいとわたしもつらいし、あなたがうれしいとわたしもうれしい……そんなふうに人はできているのだと思いました。

ネパールのおばあちゃんも、泣いているわたしを抱きしめてくれました。おばあちゃんとは、もう会うことはないと思います。でも、わたしの心の中に、ずっとこのおばあちゃんの記憶は残ると思います。

ネパールで出会った人は本当にみんなやさしくて温かでした。まだ余震があり、地震の復興もそれほど進んでいなくて、壊れたままの家に住んでおられたりするみなさんが、異国の女性のわたしに、どうしてこんなにもやさしくしてくれるのだろうと思いました。でも本当は誰もが持っている心なのかもしれないとも思いました。

ギータちゃんのご主人のラジャンさんに「ネパールの人は何を毎朝毎晩祈っているのですか?」とたずねました。ラジャンさんは「世界の人が幸せでありますように。ネパールの人がみんな幸せで、頑張って復興できますようにと祈っていますよ」と答えました。そして、ブータンの人たちと同じように、「自分はみんなが幸せであれば、幸せですからね」「自分だけの幸せというものはありえません。みんなが幸せなら、自分も幸せなのです」と言いました。

決して豊かではないブータンとネパールの二つの国の人々が、自分たちのことよりまず世界の人々を思って祈ることに心が揺さぶられます。

わたしはギータちゃんやネパールの人たちのことを『銀河の雫…はじまりはひとつ…』（監督・著者）という映画にしました。ネパールの支援ができたらと思って作った映画ではあるのですが、実際はネパールの人たちと出会って、たくさんのことを教えてもらって、そして、心を支えていただいたことに気がつきました。

ブータンのみなさんもそうですが、ネパールの人たちの「世界中の人たちが幸せでありますように」という祈りは、きっと星や月やすべてに届いているにちがいないと思うのです。そして、わたしたちもまたそんな祈りに包まれて毎日を送っているのだなあと思います。

分けること、分けられること

わたしは、小さなときから、ミミズもライオンも同じようにえらいのだ、自然はそんなふうに平らかにできていると感じてきました。

けれど、わたしが小さいときは今よりずっと、様々な理

由でわたしたちは分けたり分けられたりしてきました。男であること、女であること、国の違い、皮膚の色の違い、障がいがあるかないか……もっともっといろいろな理由で分けたり分けられたりしてきたけれど、そこにはいつも悲しみや寂しさや憎しみなども伴っていたと思うのです。

わたしが最初に「分けること、分けられること」について考えたのは、高校生のときでした。

わたしの父方の祖父は加賀藩の武士でした。明治維新後、お米を作ったり商売をする技術も持たなかったので、生きていくためになんとかしたくて、朝鮮半島に新天地を求めて出かけて、そこで暮らしていました。母方の祖父もまた同じでした。それで、父は現在の韓国で生まれ、母は北朝鮮で生まれました。

第二次世界大戦が終わったときに、父や母の家族は日本へ戻ってきました。母と母の家族は北朝鮮から三十八度線を越えて戻ってきました。昼間は隠れ、夜に移動して、小さなころの写真さえ持ってくることができず、命からがら日本へ戻ってきたのだそうです。

母の姉のご主人である伯父も、同じように北朝鮮から引き揚げてきました。

わたしが高校生のときに、中学校の国語の教員をしていたその伯父が、何か国語のことで新聞に取り上げられました。国語の時間、先生のお話の中に偶然わたしの伯父が出てきました。「すごい研究だけど、あいつは引き揚げものだから」と先生が言いました。

「引き揚げもの」という意味が最初はなんのことかわからなくて、ぼおっとしていたのですが、すぐにそれが韓国や北朝鮮から引き揚げてきたということを意味しているのだとわかりました。

先生は何か、伯父が悪いことをしたかのように「引き揚げもの」という言葉を使われたように思いました。わたしは立ち上がって「それはわたしの伯父で、わたしの父と母も朝鮮

から来ました」と言いました。

先生はすぐに「悪かった」と言ってくださいましたが、わたしはそのとき、人は「分けたがる」ものなのだろうかと思いました。

たった一つの地球を、みんなで支え合って助け合って生きているはずなのに、どうして、わたしたちは分けたがるのでしょう。

世界中のあちこちで、わたしたちは分けたり分けられたりしてきました。それは本当に悲しくて寂しいことだと思います。


自然も人間も本当は平らかで大切な存在なんだ、決して分けられてはいけないんだ、そうでなければいけないんだとわたしは強く強く思ってきました。

でも、そうでない現実がたくさんあるのです。わたしはそれを思うといつも涙が出ます。どうして？　どうして？　と思います。

自然はあんなにもみごとに、助け合って巡っています。

わたしはいつも思い出します。夜空の中で、植物も虫も、そして遠い森に生きている動物も、海に生きる生物も砂も水も、みんなキラキラと輝いてお互いに話をしているのだと感じた夜を。

子どもたちもいつも教えてくれました。「かっこちゃん、大好きっていうことが一番大事なんだよ。みんなでお互いが大好きでいたらいいんだよね」「気がついていないだけなんだよ。分けられることが悲しいって。気がつけば変われるんだよ」

雪絵ちゃんも「みんなすてきで大切だということを世界中に広めて」と言いました。

ネパールのギータちゃんも言いました。「受けとめればいいんだよ。みんなすてき。あなたもすてき、わたしもすてき」そして、ブータンのみなさんも「世界中が幸せでありますように、みんなで祈ります」

それなのに、人間は様々な理由でやっぱり分けてしまうし、分けられてしまうことがよくあります。

伝えたい思い、貫く行動

ネルソン・マンデラさんが亡くなる少し前に、南アフリカ共和国へ出かけました。南アフリカはライオンやキリン、象、鯨、ペンギンなどたくさんの動物たちが暮らしている場所です。そして、もうひとつ、わたしが知りたかったことがありました。それは、ネルソン・マンデラさんのことです。

南アフリカでは長いあいだ、アパルトヘイトという人種隔離政策が行われていたのです。ネルソン・マンデラさんは、あらゆる人種差別はいけないのだということを、武力ではなく、勇気ある行動で伝えた人です。

わたしはずっと南アフリカに行きたかったのです。南アフリカの地を踏んで、マンデラさんの深い思いに触れたかったのです。いったいどんなふうに、どんな思いで、行動することができたのかをわたしはとても知りたかったのです。

人は分けられるべきではない！　という思いを貫き通したマンデラさんに触れることは、わたしの長いあいだの願いのひとつでした。

ケープタウンにあるロベン島という島に行きました。そこは、アパルトヘイトに反対したことで逮捕された政治犯の強制収容所として使われたところです。マンデラさんも長くこの島に囚われていました。

わたしたちは船着き場から船に乗って、ロベン島に向かいました。船着き場では当時、罪人が手を縛られて乱暴に扱われて、この船着き場から無理矢理に船に乗せられていったそうです。

罪人といっても、捕まった罪はただ身分証明書を持っていなかったり、銃を持っていたりしたという罪でした。銃は皮膚の色によって、普段から持っていていい人と、持っていると大きな罪になる人がいました。マンデラさんたちは銃を持つことが許されなかったのです。

ところが、驚くことを聞きました。

マンデラさんや捕まった人たちは、たまたま身分証明書を持っていなかったわけではなくて、わざと捕まるために持っていなかったというのです。

「わざと？　わざと捕まったの？」それはわたしにとって大きな衝撃でした。

だって、家族との生活もあったのに、命も落とすかもしれないのに、なぜ、そうまでして、わざと捕まるようなことをしたのかということが、わたしには不思議というか、心が揺さぶられてなりませんでした。

マンデラさんたちが持たされていたのは黒人用の身分証明書で、携帯しなくてはいけない決まりでした。マンデラさんがわざとそれを持たずに捕まったのは、肌の色の違いや生まれなどにより分けられるのはおかしいと伝えたかったのだと思います。

でも、身分証明書を持たないというたったそれだけのことだけで、終身刑が下った人たちがたくさんいたそうです。

船は島に近づいてきました。島にはオットセイやペンギンもたくさんいて、たくさんの美しい花が咲いていました。

南アフリカの旅をガイドしてくださったアンジェラさんが「わたしたちはすごくラッキーです。ここのガイドはみんな昔ここに囚われていた人たちですが、囚われたのがそれほど昔でない人は詳しいことを知りません。でも、わたしは年に五十回以上この島に来ますが、今日は一番素晴らしいガイドさんがわたしたちをガイドしてくれるのだそうです」

その方がトーザさんという方でした。マンデラさんと同じ時代に長く囚われていた人だそうです。世界中から求められてマンデラさんが、囚われていたロベン島を釈放されて、演説をしたときに、運転手を務めた方でもあるそうです。

わたしたちのロベン島のツアーが始まりました。トーザさんはロベン島の収容所の前に立って、重い大きなドアを閉めて、話を始められました。みんなが静まって、トーザさん

がドアについた真鍮のノッカーを打ちつけると、驚くほど大きな音がしました。

「ここに到着すると、看守がまずドアをこうしてノックしました」

わたしはまるで、自分が捕まってここに来たような心細い気持ちになりました。重いドアがゆっくりとあけられ、その奥には収容所がありました。実際にわたしたちは、マンデラさんが入っていた独房を観ることができました。とても小さな部屋に置かれていたのは、マット二枚と蓋のついた赤いバケツと毛布だけでした。

独房の中でトイレはバケツにしたそうで、体を洗うときも、他のいろいろなときにもそのバケツを使ったのだそうです。ここにはとても書けないようなつらい思いもたくさんあったのです。マンデラさんはこんな狭い空間できびしい待遇を受けながら、二十七年もの長いあいだ囚われていました（ロベン島以外でも囚われていたのだけれど）。マンデラさんが強い信念とやさしい気持ちを持ち続けていられたのは、なぜなのだろうと思いました。

トーザさんに一番聞きたかったことを質問しました。

「どうして、捕まれば一生出られないかもしれないし、つらい思いをしなければならないとわかっていたのに、わざと捕まるようなことをされたのですか？　そんな思いをすることがわかっていても、通したいという思いがあったからですか？」

トーザさんは「イエス」と言われました。旅の仲間の順子ちゃんが訳してくれました。「物事を変えていくためにはどうしても犠牲が必要なのです。世界中の未来の子どもたちの生活が変わっていくためなら、その犠牲となってもかまわない」

未来の子どもたちというのは、今、差別を受けている自分たちの仲間の子どもたちだけのことを指して言っているわけではなくて、世界中の誰もが分けられない社会になるために、みんなのためになら犠牲になることはいとわないと、そう言われたのです。

それから「なぜ、そんなにもつらい過去があるのに、ここでガイドをされているのですか？　つらいことを思い出すのではないですか？」という質問が旅の仲間からありました。

「確かにここですごしたことは、楽しい過去ではありません。でも、昔ここですごしたことやこうしてみなさんを案内したり、自分の経験したことを伝えることで社会が変わっていけるのなら、それは自分にとってもうれしいことです」

順子ちゃんはその答えを聞くと胸がいっぱいになって、トーザさんに抱きつくようにして「ありがとう」とお礼を言っていました。わたしも涙がとまりませんでした。きっとマンデラさんも同じ思いでおられたのに違いありません。

他の収容されていたみなさんも、きっと、どんなにつらいことが収容所の中で待ってい

たとしても、自分の思いをしっかりと伝えていくことが大切だと考えておられたのだと思いました。

わたしはどうして、こんなにも泣けたのでしょう。もちろん、マンデラさんやトーザさんの勇気や強い思い、そして辛抱などにも心が奥底から揺さぶられました。でも、それだけではなかったのではないかと思います。

みんなが大きな約束ごとの中に

トーザさんは「サクリファイス」という英語を使われました。日本語の「犠牲」という意味のことばです。

オタマジャクシやシマウマの中にはみんなのために食べられてしまう命があって、それでもそれぞれがまるで威厳を持って「食べてほしい」と身を差し出すのだという話や、『1／4の奇跡』の映画の中で、実は病気や障がいは全体の命が続くために存在しているのではないかという話が、頭の中でぐるぐると巡りました。

わたしたちは、見えないけれど大きな世界の約束ごとの中に生きていて、それは損得とはまったく違った中で生かされているのだという思いに包まれたときに、涙がボロボロとあふれてとまらなくなったのです。

マンデラさんのように世界を動かすようなことをなさった有名な方だけでなくて、誰もがその約束の中にいる。わたしもそうだし、目の前の人もみんなそう。

そうなんですね、虫や花が助け合って、自分の役割を担いながら毎日を送っているように、きっとわたしたちも同じ。ミミズが葉っぱや花を食べたくて仕方がないからこそ、それが土になって、多くの命が巡る。わたしたちも、本当はいつも心から湧き上がるような思いに身を任せて行動していて、みんなでひとつの命を生きているのですね。

父や母が抱きしめるようにして「かっこはかっこでいい」と言ってくれたように、わたしもみんなも星の下でそれぞれが輝いて、この世界に抱きしめられるようにして生きている。みんながそれぞれの役割を担いながら。

ブータンでも、ネパールでも、人々は世界中の人が幸せでありますようにと祈っておられました。

きっと自分一人の幸せというものはないのかもしれないと思ったりもします。なぜならば、わたしたちはみんなでひとつの命を生きているのですから。

三月の声を聞いたとたん、枝だったはずのところにできたつぼみが膨らみ、桃や梅の花が咲き出します。蝶も蜂も姿をあらわし、土の中からたくさんの芽が出てきます。その世界の中でミミズはミミズとして、ダンゴムシはダンゴムシとして、象は象として、ライオンはライオンとして一生懸命生きています。きっと本当は、与えられた自分を生きることができたなら誰でもいつでも幸せなのだとわたしは今、思っています。

そして、わたしもわたしとして、今日も楽しく生きていきたいです。

あとがき

八十五歳になった母とバリ島へ出かけました。慣れない旅で母が疲れていないだろうかと心配でした。でも、母はずっとわたしのことを気にかけてくれました。小さいころから食が細いことを気にしていたけれど、昔と変わらず「もっと食べたら？」「これ食べる？」と勧めてくれたり、「寒くない？」「疲れてない？」と幾度も心配してくれるのです。何度も何度も「ありがとう」とわたしに言ってくれるところも昔と少しも変わっていません。

旅のあいだ、足元が悪いところで何度も母の手を握りました。そして思い出したことがあります。それは、母の手がとっても柔らかいということ。

講演会などで握手をしていただくときに、「かっこちゃんの手って柔らかい」ってよく言われます。あまり言われるので、他の人と比べて特別柔らかいのかなあ、どうしてかなあって思っていました。

でも、ああ、母の手と同じだったんだなあと、そして、当たり前だけれど、わたしは父と母の半分ずつをもらってできているんだなあと思いました。父に似ているところ、母に似ているところ。あるいは祖父や祖母に似ているところもあるのだと思います。亡くなっ

た大好きな父が、そして大好きな母が自分の中にいるんだと思うと、とてもうれしいのです。父や母や祖父や祖母のたくさんのプレゼントの結晶が自分なのだと思いました。

先日、昔住んだ家に行ってみました。幹線道路から道をそれ、横道に入ると車もすれ違えないいような細い路地がありました。花ござを広げておままごとをした場所があって、そこを抜けたら、驚いたことに、何十年も前にわたしが育ったころのままに、平家の小さな家があって、お店こそ開いていなかったけれど、駄菓子屋さんもそのままにあったのです。ようやっと飛び越えた溝はとても細く、何もかもが思ったより小さくて驚きましたが、ありのまま残っていることが奇跡のようでした。家の中には父と母と、小さかったわたしと妹が笑っているのじゃないかと感じられるような不思議な気持ちでした。少し歩くと、えいちゃんと一緒に時間をすごしたジャングルジムもありました。ああ、わたしは幸せだったなあとしみじみ思いました。

そして今もわたしの中に、父や母とすごしたうれしくて幸せだった時間が無数の星のようにキラキラ光っているると感じるのです。

今日は海へ友だちと流木を拾いに行きました。流木でハンガーを作ろうということになったのです。春の海は穏やかで、遠くから波に揺られてたどり着いた流木はいろいろな形をしていて、どんなハンガーにしようかと想像が膨らみます。

わたしはわたしが作ったワンピースを着て、わたしが作った靴を履いて歩いています。ときには、わたしの作った万年筆で本を書きます。作ることが大好きなのです。

夕方、近くにできた新しい大型のスーパーに寄ったら、昔一緒に勉強したことちゃんとことちゃんのママに会いました。ことちゃんと電話番号を教え合おうということになって、わたしが声を出して番号を言いかけたら、ことちゃんが人差し指をしーっと口に立てて、「かっこちゃん、大きな声で電話番号言っちゃだめなんだよ」と言うのです。学校で一緒にいたころも、そうでした。いつも、かっこちゃん、しっかりしてねとわたしを支えてくれました。バイバイして、外に出たら、駐車場にわたしの車がなくて、そうだ、反対側に停めたんだと気がつきました。そして、無事に車をみつけて帰ってきました。

今日も幸せな一日でした。大人になったわたしは、毎日をこんなふうに幸せに暮らしています。


小さなころのことを思い出しながら書くことはとても楽しかったです。そして、書きながら何度も思いました。

小さいころのわたしに、もし言ってあげられるなら、「たとえ足が遅くても、失敗ばかりしていても、そして犬や猫や植物と一緒に遊んでいても、それでいいんだよ」と言ってあげたいです。こんなわたしでいいのかなと思わなくてもよくて、未来を不安に思わなくても、大丈夫と言ってあげたいです。

父が「かっこはかっこやからだいじょうぶ」と言ってくれたとおり、「そのままでいいんだよ。心配しなくてだいじょうぶ」と言いたいです。

母が「寒くなったり、暗くなったら家に入りなさいね」と言ってくれたように、夢中になっていることを、時間を忘れて十分にしていても「だいじょうぶだよ」と言ってあげたいです。

大人になったわたしが今思うのは、小さいころのそんな時間があったからこそ、今、わたしは幸せなのだと思うのです。

わたしは相変わらず、虫を見て、花を見て、いろんなことを考えています。春になると、モンシロチョウがレースのようになるまで、キャベツを毎日たくさん食べます。アゲハチョウは山椒の葉がなくなるまで、食べ続けます。

本当にあの小さな体で、どうしてそんなに食事をする必要があるのでしょう。もしかしたら、青虫はサナギになることも蝶になることも知らないけれど、でも、食べたくて食べたくてしょうがなくて、キャベツや菜の花をたくさん食べるのかもしれません。サナギもまた、自分は蝶になることを知らないかもしれません。でも、体の変化に任せて用意が整ったときに、湧き上がる思いに任せて、サナギの殻を破って蝶になって飛立つのでしょう。

小さいときわたしは、どんなことも不思議でたまらなくて「どうして？　どうして？」と質問しました。誰かが怪我をしたときに、わたしも痛くてたまらなくて泣いてしまったり、弱虫なのに、あるときは相手が誰であろうと、止められない気持ちで誰かを守りたいと思ったりしました。青虫の中に未来の蝶があるように、あのときのわたしの中に、きっと今のわたしがいるのだと思えてならないのです。

なんだか不思議なことを言うようですが、わたしたちはだからこそ、ありのままの自分を好きでいていいのだと思うのです。ちゃんと守られるようにわたしたちは作られていて、まるで桜の枝から花芽ができて、やがて蕾が膨らみ、花が咲くように、わたしも与えられた自分を一生懸命ありのままに生きることが大切なのだと思えたのです。

そしてもうひとつは、モンシロチョウが決して山椒の木には卵を産まず、キャベツに産むように、わたしたちは食べ分けが行われていたり、助け合いが行われていて、自分一人の未来のために生きてはいないのだなあと思うのです。

マンデラさんが損だとか得だとかそんなことではなくて、すべての人の幸せに行動を起こしたように、わたしたちも、与えられた自分を一生懸命生きることがきっとみんなでひとつの命を生きていくことにつながるのだろうかと、そんなことを考えています。

出会いはいつも不思議ですね。

こんなに素敵な絵を描いてくださったこばたけちかちゃんは、昔一緒に勉強した一馬くんのお母さんです。一馬くんとちかちゃんは、宮ぷーの一人暮らしを支えてくれています。

この本をこだわり抜いて作ってくださった公硯舎の竹内さんの奥様は、お祖母様が思いを伝えられなくなられたときに、白雪姫プロジェクトを知ってメールをくださいました。

振り返ればわたしはなんとたくさんの方に、支えていただいたことでしょう。実際には出会っていなくても、こうして本を読んでいただいたり、メルマガを通して、わたしはいろいろな方と毎日出会っています。その出会いは、星と砂のように、きっと一対一の大切な出会いなのだと思います。そう思うとありがたくて、うれしくて涙がこぼれます。

いろいろなものやことや人との出会いが、こうして未来を創っていく。

ああ、幸せだなあとわたしはまたしみじみ思うのです。

最後まで読んでいただいて本当にありがとうございます。心から感謝申し上げます。本を読んでくださった方、どうぞわたしの大切なお友だちになってください。そして、一緒にこれからの人生を生きていきたいです。

山元加津子　やまもとかつこ

1957年石川県金沢市生まれ、小松市在住。富山大学理学部化学科卒業。元特別支援学校教諭、作家。『きいちゃん』（アリス館）、『本当のことだから』（三五館）、『1／4の奇跡』（マキノ出版、共著）、『手をつなげば、あたたかい。』（サンマーク出版）など著書多数。

こばたけちかこ

1962年石川県金沢市生まれ、野々市市在住。夫と発達障害の息子、３頭の犬とにぎやかに暮らす。著書に絵本『プレゼント』（こばたけちかこ作、ギータ・サプコタ訳）、個展に『こばたけ ちかこ絵画展』2016年9月8日〜12日「きれいサロンびぃんず」（石川県白山市）など。

みみずと魔女と青い空

大人になったわたしから小さいころのわたしへ

2017年11月19日　初版第１刷発行

著　　者　山元加津子
挿　　画　こばたけちかこ

カバー装画 ―――― こばたけちかこ
カバーデザイン ―― 山元加津子　こばたけちかこ
本文デザイン ――― 山元加津子　こばたけちかこ
カバー・本文DTP ―― 白井洋子（STN）
印　刷　所 ―――― 株式会社シナノパブリッシングプレス
製　本　所 ―――― 株式会社積信堂

発　行　者　竹 内 拓 生
発　行　所　合同会社 公硯舎
〒248-0025　神奈川県鎌倉市七里ガ浜東5-10-15
TEL 090-7727-8889 ／ FAX 0467-33-2701
http://koukenshapub.com/ja/
Printed in Japan　ISBN978-4-9908461-3-8　192p　20cm
定価はカバーに表示してあります。落丁・乱丁本はお取替えいたします。